숨은밤

숨은밤

김유진

장편소설

문학동네

차례

숨은 밤 007

작가의 말 207

1

불은 구유에서 시작되었다.

기(基)는 사력을 다해 산을 올랐다. 손끝에 닿는 것이면 무엇이든 움켜쥐었다. 강아지풀, 메마른 단풍 가지, 가시가 무성한 야생 장미덩굴에 의지해 가파른 비탈을 오르는 기는, 한 마리 노루 같았다. 한쪽 운동화가 벗겨졌지만 깨닫지 못했다. 올빼미도, 들개 울음소리도 들리지 않았다. 오직 기의 가쁜 숨소리만이 숲의 정적을 부쉈다. 만들어진 빛이 앞길을 밝혔다. 정상에 가까워지자, 기는 달리기 시작했다.

기는 정상에서 불타는 마을을 내려다보고 있었다. 연기는 철새처럼 허공에 큰 밑그림을 그리며 무리지어 이동했다. 별도, 달도 없었다. 불 덕분에 주위는 대낮처럼 환했다. 기의 발아래 짓밟힌 버섯의 갓까지도 볼 수 있었다. 나는 기의 옆에 나란히 섰다. 뒤를 쫓느라 심장이 터질 듯했다. 손에 들린 기의 운동화를 내려놓았다. 기는 무너져가는 마을에서 눈을 떼지 못했다. 나는 기의 더럽고 생채기 난 맨발을 보았다. 내 발인 양 소름이 돋았다. 손바닥을 펴고 불 가까이 팔을 뻗어보았다. 불의 온기 대신, 서늘한 밤의 습기가 팔뚝에 내려앉았다. 이곳은 불과 멀다. 나는 조금 안심했다. 마을 어귀 왕버들의 잎사귀가 타들어가는 순간, 서까래가 무너지고 유리창이 쩡쩡 터지는 모든 순간은 고요했다. 연기 사이로 몇 개의 얼굴이 희미하게 떠올랐다 모호한 채로 사라졌다. 나는 기를 바라보았다. 그의 얼굴 위로 불이 일렁였다. 불은 출정을 앞둔 전사의 무늬를 기의 얼굴에 그려넣고 있었다. 단호하고 용감한 표정이라고, 나는 생각했다. 그때, 기의 눈이 갑자기 크게 떠졌다. 나는 기의 시선이 향하는 곳을 바라보았다.

그곳에 나귀 한 마리가 있었다.

나귀는 지붕이 무너지기 직전, 헛간을 빠져나왔다. 불붙은 나무 판자가 허리 위로 떨어졌다. 주저앉은 나귀는 가까스로 몸을 일으켰다. 꼬리에 붙은 불이 갈기로 옮아갔다. 나귀는 달리기를 멈추지 않았다. 실비집 앞을 지나며 평상과 파라솔을 무너뜨렸다. 무너진 파라솔에 몸을 비벼보았으나, 불은 불멸할 것만 같았다. 나귀는, 기가 나를 기다리며 서성이던 그 골목을 지났다. 죽은 벌레를 쌓아 만든 이정표를, 커다란 잎을 축 늘어뜨린 울창한 토란밭을, 주인을 잃은 옥수수밭과 마을의 경계를 알리는 정자를 지나, 숲을 향해 돌진하기 시작했다. 이미 죽어가고 있었으므로 나귀가 우리가 서 있는 산봉우리로 올라올 리는 만무했으나, 나는 일순 두려움을 느꼈다. 두 주먹을 꽉 쥐었다. 나귀는 고통스러운 듯 뭉툭한 주둥이를 위아래로 흔들었다. 불은 포자처럼 손이 닿지 않는 곳까지 쉽게 옮아갔다. 바람이 불을 먼 곳으로 데려다주었다. 기가 내 손을 찾았다. 나는 기의 손을 힘껏 잡았다.

나귀는 숲의 입구에 다다라 무릎을 꿇었다. 죽은 벌레처럼, 물 위에 뜬 물고기처럼 이내 흰 배를 드러냈다. 짐승의 주검에서 나는 탄내가 산봉우리까지 미치는 것 같았다. 갑자기 속이 메스꺼웠다. 허리를 굽히고 토했다. 어젯밤 마을에서의 마지막 식사가 고스란히 게워져나왔다. 감자와 당근, 무수한 밥알들, 당면, 시금치 따위가 섞여 있었다. 왈칵 눈물이 났다. 눈물이 나자, 곧 통증이 몰려왔다. 기의 시선이 느껴졌다. 그 차갑고도 다정한 눈빛은 보지 않고도 알 수 있었다. 나는 기를 통하여, 차가운 다정함을, 다정한 차가움을 알았다. 기는 내 허리를 일으켜세우고는 자유로운 한 손으로 눈 주위에 덕지덕지 달라붙은 돌가루를 떼기 시작했다. 눈곱처럼 달라붙은 돌가루는 쉽게 떨어지지 않았다. 눈물을 흘리는 것도, 돌가루를 떼는 것도 고통스러웠다. 통증 때문에 또다시 눈물이 흘렀다. 나귀의 몸에 붙은 불은 더이상 탈 것이 남지 않자 자연 소화되었다.

가자.

기가 내 손을 잡아끌었다. 우리는 마을 반대쪽으로 발길을 돌렸다. 그곳에 어둠이 있었다. 발밑을 분간키 어려운 어둠을, 우리는 두려움 없이, 한 발 한 발 나아가기 시작했다.

2

나는 종종 '기'라는 이름을 소리내어 불러보곤 했다. 혀끝에서
떨어진 그 이름을 내 귀에 다시 주워담으면, 모호한 기의 실체가
구체적으로 느껴지는 것 같았다. 기는 출처가 없었다. 사람들은 기
를 두고 하늘에서 떨어졌다, 고 말하곤 했다. 기에게는 고향도 나
이도, 부모도 이름도 없었다. 대체로 기에 대한 정보는 추측을 통
한 것이었고, 몇 가지는 이곳에서 생겨나기도 했다. 그의 이름이
그러한 경우였다. 누가 이름을 주었는지, 뜻이 무엇인지 명확하지
않았다. 나는 그 이름이 단순히 이 고장의 언어습관에서 비롯되었
을 것이라 생각했다. 누군가는 그를 '기'라 불렀고, 다른 누군가는
'귀'라고 불렀다. 기는 어떻게 불리든 상관하지 않았다. 그는, 이
름은 주어지는 것일 뿐, 그 주인에겐 선택권이 없다는 사실을 잘
알고 있었다. 나는 그 의미 없는 이름이 마음에 들었다. '기'라는
이름이 갖는 어감, 단호함, 딱딱함, 차가움 그리고 우스꽝스러움.
그것만큼 기와 잘 어울리는 것도 없었다.

기는 여관 잡역부였다. 여관은 일층 식당과 이삼층의 단기 투숙

객을 위한 객실 열여섯 개, 사층의 주인집과 장기 투숙실 여섯 개로 이루어져 있었다. 여관은 크지 않았지만 성수기를 제외하고는 만실이 되는 경우가 거의 없었다. 장기 투숙자들과 여름철을 피해 찾아오는 몇몇 관광객들, 식당 수입으로 근근이 이어나가고 있었다. 기는 퇴실시간에 맞춰 출근해 객실 청소를 했다. 이불 커버를 벗기고 바닥에 물걸레질을 했다. 퇴실 손님이 없는 날엔 두 시간 정도 여유가 생겼다. 기는 때때로 식당 현관 앞 계단에 앉아 아이스크림을 빨면서 행인들을 구경하곤 했다. 몇몇은 그에게 인사를 건넸다. 점심시간이 다가오면 기는 식당으로 내려갔다. 배달주문이 들어오면 설거지를 하다가도, 혹은 양파껍질을 벗기다가도 그대로 달려나갔다. 기는 식당에서, 주방 보조이면서 홀 서비스를 담당했고 객실 배달도 겸했다.

기는 노동의 대가로 점심식사와 잔반, 용돈을 조금 받았다. 작업량에 비하면 터무니없이 적은 돈이었지만, 기는 불평하지 않았다. 그랬다간 여관에서 쫓겨날지도 몰랐다. 주인 여자의 야박스러움을 탓하는 사람도 없었다. 기는 이를테면, 동네를 어슬렁거리는 개와 처지가 비슷했다. 아무나 원하면 밥을 주고 때때로 보살펴주기도 하지만 누구도 개에게 목줄을 채우지 않는 것처럼, 모두가 기를 알고 부모가 없음을 가엾게 여겨 자비를 베풀기도 하지만, 정작 부모가 되어주지는 않았다. 책임을 지는 것은 별개의 문제였다. 손님이 모두 빠져나가고 뒤늦은 점심식사를 마치면, 기는 가게를 빠져나갔다.

　기를 처음 본 것은 늦은 봄이었다.

　기는 염소처럼 식당을 뛰어다니고 있었다. 주인 여자가 쉴새없이 기의 이름을 불렀다. 목소리가 식당에 쩌렁쩌렁 울렸다. 여자는, 기가 한 가지 일을 끝내기 전에 다른 일을 시켰고, 어느 것을 먼저 해야 할지 망설이는 사이, 두 일 모두 끝내지 못한 것에 대해 화를 냈다. 별다른 소득 없이 우왕좌왕하며 땀만 흘리는 기의 모습은 우스꽝스러웠다. 여자는 기라고 불렀다, 귀라고 불렀다 했다. 통성명을 하지 않고도 나는 그 이름을 알았다.

　404호.

　나는 암호를 대듯 말했다. 기는 잠시 나를 바라보더니, 곧 주방으로 들어가 밥과 국이 든 알루미늄 쟁반을 들고 나왔다. 기는 나보다 한 뼘 정도 작았다. 목이 늘어난 국방색 티셔츠에 멜빵바지를 입고 있었다. 하얗고 긴 얼굴은 그레이하운드를 닮았다. 귀가 컸다. 땀에 젖은 이마와 목덜미가 갓 잡은 생선처럼 반질거렸다. 나는 쟁반을 받아들며 눈을 피했다.

3

밤새 몇 가지 냄새에 시달렸다. 한낮의 햇빛 냄새, 여름의 끝물, 성큼 다가온 가을의 새벽 냄새, 젖은 나뭇잎의 비린내, 비온 뒤 땅을 비집고 올라온 지렁이들, 묵은 흙냄새, 아버지의 트럭 문을 열면 훅 끼쳐오던 기름 전내, 여관 복도 카펫의 곰팡내, 주인 여자 방에서 새어나오는 발효된 콩냄새, 쓰임이 다한 가구의 냄새, 빈방의 냄새.

나는 눈꺼풀 위로 느껴지는 따스한 기운과 귓가를 간질이는 미세한 타닥거림으로 아침이 왔음을 알았다. 빛이 눈앞에 있었다. 몸을 일으켜 발끝을 더듬어 슬리퍼를 찾았다. 욕실까지, 사선으로 네 걸음. 밤사이 눈꺼풀 주변에 돌 부스러기처럼 달라붙은 눈곱을 물에 녹여 떼어내야 했다.

눈꺼풀은 용접한 철문처럼 단단히 닫혀 있었다. 물에 녹이지 않고 떼어낸다면 눈썹이 모두 뽑혀나갈지도 몰랐다. 세면대 수도 레버를 올리고 물에 적신 손으로 눈가를 꾹꾹 눌렀다. 눈곱이 녹기 시작하자, 서서히 물과 빛이 들이쳤다.

화장실 쪽창으로 건조한 바람이 들어왔다. 세면대 바닥에 떨어진 물이 튀어올라 손목을 적셨다. 물은 차디찼다. 나는 양치질을 하며 새로울 것 없는 골목을 내다보았다. 식당을 향해 바삐 뛰어오는 기가 보였다. 염소처럼 뛰어다니던 기의 모습이 떠올랐다.

나는 얼굴을 적신 물을 닦아내며 부드럽고 따듯하게 차오르는 눈물에 대해 상상해보았다. 볼을 적시는 물을, 턱 끝에서 방울져 떨어지는 눈물의 느낌을 예상해보았다.

여관 조식은 열시부터 열두시까지였다. 나는 식당에서 밥을 타서는 방으로 가져와 따로 먹었다. 양이 상당해서 두세 끼로 나누어 먹을 수 있었기 때문이었다. 조식 이외에는 따로 식비를 지불해야 했다.

오늘의 메뉴는 어죽이었다. 계단 하나를 오를 때마다, 죽과 숭늉이 넘실댔다. 강에서 잡은 잡생선을 갈아 방앗잎을 넣고 끓인 죽은 지방색이 강해 익숙해지는 데 오랜 시간이 걸렸다. 민물고기의 비린내는 방앗잎 특유의 알싸한 냄새와 뒤섞여, 진동했다. 나는 죽과 숭늉, 반찬을 반씩 덜어 일회용기에 넣었다. 냉장고에 남아 있던 같은 종류의 반찬을 한데 모아 다시 냉장고에 넣었다.

탁자를 창턱 밑에 바싹 붙였다. 창밖으로 커다란 은행나무와 뭉게구름, 멀리 구름 위에 지은 듯 둥실대는 아파트단지가 보였다.

쾌청한 공기에 은밀하게 다가오는 여름의 기운이 스며들어 있었다. 여름이 오면, 마을은 긴 축제를 벌일 것이었다. 나는 냉장고 위에 올려놓았던 어죽을 탁자로 옮겼다. 정육점 상호가 적힌 커다란 벽시계, 양쪽 미닫이문이 달린 TV, 붙박이 장롱 하나가 있었다. 어디에도 내 것은 없었다.

안(雁)을 보러 가는 날이었다.

4

휴지통 뒤에 접어두었던 종이가방을 꺼냈다. 주인 여자에게서 얻은 종이가방의 겉면에는 '옛날통닭'이라는 상호와 전화번호와 함께, 접시에 담겨 김이 모락모락 나는 통닭 그림이 인쇄되어 있었다. 접힌 부분이 해져 작은 구멍이 생겼다. 나는 재생지로 만든 가방 바닥에 테이프를 덧댄 다음 안이 빌려준 책과 연필, 지우개 따위를 챙겨넣었다.

안이 나에게 준 것은 저학년용 아동도서였다. 안은 그 책을 시리즈로 갖고 있었는데, 아이가 없는 안이 어째서 그것들을 갖고 있었는지는 알 수 없었다. 터무니없이 시시한 경험담이 내용의 대부분이었다. 자기 키만한 주사기를 든 간호사가 허공에 떠 있는 그림이 그려진 표지의 책을 건네주면서, 너에게 재미있을 것, 이라고 안은 말했다. 안은 내 나이를 잘 가늠치 못했다.

주인 여자의 방은 복도 가장 안쪽에 있었다. 객실 사이의 벽을 허물어, 공간이 꽤 널찍했다. 방에는 과실주가 담긴 유리병, 각종 발효식품들, 말린 나물이나 표고버섯 등이 사방에 널려 있었다. 장을 담글 때면, 여자는 아랫목을 메주에 내어주고 자신은 한데로 밀려나 새우잠을 잤다. 방문을 열면 식재료 냄새가 코를 찔렀다.

　복도는 한낮에도 꽤 어두웠다. 세 개의 천장 조명 중 두 개만 불이 들어왔다. 언젠가 의자 위로 올라가 전구 소켓을 살짝 돌려놓는 주인 여자를 본 적이 있었다. 나는 그제야 전구가 수명을 다해서가 아니라 전기세를 아끼기 위해 부러 한 일이라는 것을 알았다. 복도 앞뒤로 창문이 있었으나, 들이치는 빛의 양은 한줌이 채 되지 않았다. 식당 유리문으로 주인 여자와 머리를 맞대고 앉아 늦은 점심을 먹는 기의 모습이 보였다.

　마을은 여느 지방 소도시와 다를 바 없었다. 초입의 고속도로를 따라 특산품 판매장과 마을 유일의 종합병원, 장례식장을 지나면, 기차역을 중심으로 시장이 섰다. 여관은 역 뒷골목에 있었다. 강이 여관을 마주 보며 길게 꼬리를 늘어뜨렸다. 마을 사람들은 강 안쪽에 살면서, 이곳을 '시내'라고 불렀다. 뜨내기들은 대체로 이곳, 시내에 머물렀다. 강을 잇는 다섯 개의 다리들 중 하나를 건너면, 주택가가 나타났다. 작고 아담한 뜰을 가진 기와집, 마당 한가운데 연못이 있는 낡은 흙집들이 있었다. 집성촌인 마을은 전체가 거대한 한 가족이나 다름없었다. 주택가 뒤로 논과 밭이 이어졌는데, 마을을 둘러싼 산이 그 경계를 이뤘다. 마을은 고립되어 있었다. 토란밭 두렁을 지나면 마을 가장 깊숙한 곳, 작은 옥수수밭 뒤에 숨은 안의 집이 있었다.

5

옥수수 줄기는 이미 허리께에 이를 정도로 자라 있었다. 옥수수밭은 일 미터가량의 좁은 입구를 제외한 집 마당을 넉넉히 감싸, 울타리 노릇을 하고 있었다. 제법 모양새를 갖춘 잎사귀가 운동장에 도열한 어린아이들처럼 양팔을 한껏 뻗은 채 바람에 살랑거렸다. 울타리는 푸르렀다.

안은 마당 구석에서 바비큐용 석쇠를 만지작거리는 중이었다. 몸에 달라붙는 검은색 골지 무늬 긴팔 티셔츠와 겨울용 청바지가 그의 작업복이었다. 피부가 약해 금속이나 먼지가 닿으면 부풀어오르고 발진이 돋았다. 습지에서 버섯이 자라듯, 피부가 늘 축축해, 자주 곰팡이가 스는 것이라고, 안은 말했다. 땀에 젖은 등판에 커다란 지도 모양으로 얼룩이 졌다. 뙤약볕 아래 쭈그리고 앉아 있는 안의 굽은 어깨 위로 빛이 날파리떼처럼 들끓었다. 안에게는 색과 모양, 크기가 동일한 작업용 티셔츠와 청바지가 네 벌이나 더 있었다.

석쇠는 새것 같았다. 안은 굵기가 같은 구리줄 몇 개를 가져다

석쇠 길이에 맞춰 잘라낸 후 일일이 대보고 있었다. 석쇠의 넓은 간격이 마음에 들지 않는 듯했다. 준비를 마친 안은 쇠줄과 쇠줄 사이에 구리줄을 끼워 용접하기 시작했다. 소매 끝에서 어깨에 이르는 용접용 보호대와 보호구를 착용한 안의 모습은 변신로봇영화의 등장인물 같았다. 죽이고 또 죽여도 반드시 살아남아 동굴 속에 몸을 웅크리고 복수를 꿈꾸는 악당의 모습과 닮아 있었다. 사방으로 불꽃이 튀었다. 나는 불을 피해 뒷걸음질쳤다.

지붕 끝에서부터 옥수수밭에 이르는 긴 차양이 있었다. 지붕과 넓이가 같은 차양은 철골 구조물로 뼈대를 만든 뒤, 그 위에 대나무 발을 실로 엮어 얹은 것이었다. 발 위에는 곰팡이가 슨 장판이 덮여 있었다. 햇빛으로부터, 비로부터 자유로운 그 공간에, 안은 작은 간이 탁자와 의자를 놓았다. 그는 겨울을 제외한 계절, 하루 대부분을 차양 밑에서 보냈다. 그는 그곳에서 끼니를 때우고, 책을 읽거나 엎드려 낮잠을 자기도 했다. 닳고닳은 모서리, 깊게 파인 홈, 동그란 냄비 자국, 검붉은 반점으로 남은 김칫국물. 탁자에는 고스란히 생활의 흔적이 남아 있었다.

나는 의자에 앉아, 안이 바비큐를 한 적이 있었는지를 떠올려보았다. 이곳에 온 이래로 단 한 번도 없었다. 불에 구운 고기는 맛은 좋을지 몰라도, 몸에는 좋지 않은 것이라 늘 주장하던 안이었다. 안은 마을 사람들과 왕래가 잦은 편도 아니었다. 마당에서 떠들썩하게 고기를 구울 정도의 숫기가, 그에게는 없었다. 안은 언제

닥칠지 모를, 어쩌면 영원히 오지 않을 다양한 상황을 예상하고 미리 준비해두는 버릇이 있었다. 석쇠 역시 그 준비물 중 하나일 것이라 생각했다. 나는 언제 할지 모를 바비큐를 위해 새 석쇠에 구리줄을 용접하고 있는 안을 바라보았다. 안의 머릿속엔 자신이 원하는 가장 이상적인 넓이의 석쇠가 자리잡고 있는 것 같았다. 그는 석쇠에 구리줄을 추가해야 하는 이유를 서너 가지는 댈 수 있을 것이었다. 작업을 마친 석쇠는 결국 창고 어딘가에 박혀 먼지만 잔뜩 쌓여갈 것이라는 사실을, 나는 어렵지 않게 예상할 수 있었다.

용접을 마친 안이 석쇠를 허공으로 들어 보였다. 석쇠는 안의 양팔에 가득 찰 만큼 컸다. 제법 촘촘한 간격이 마음에 드는지 안은 고개를 끄덕거렸다. 그는 석쇠 너머 탁자에 앉아 있는 나를 발견하고는, 석쇠를 흔들어 보였다. 보호구 밖으로 반백의 머리칼이 사방으로 뻗어 있었다. 투명한 플라스틱 재질로 된 안면 보호구 위로 빛이 떨어져, 안의 눈이 보이지 않았다.

6

안이 내 나이를 물었다. 나는 대답하지 않았다. 안은 인내심을 가지고, 매번 만날 때마다 묻고 또 물었다. 나는 안의 끈질긴 물음이 꼭 인사 같다는 생각을 했다.

안은 낡은 한옥의 내부를 현대식으로 고쳐 사용하고 있었다. 수더분한 외모와 달리 집은 늘 깨끗했다. 거실의 삼 인용 소파와 좌탁, 육 인용 식탁과 벽 한 면을 가득 채울 정도로 커다란 책상이각 모서리에 자리잡고 있었다. 탁자마다 빼곡히 들어찬 의자의 수는 열 개가 넘었다. 의자들은 모양과 색이 제각각이었다. 안은 평생 바닥에 앉아본 일이 없었다. 그래서 그의 집은 좌식생활을 하는 마을의 다른 집들과는 구조가 완전히 달랐다. 세간들은 붙박이가 주를 이뤘다. 책상, 책장, TV 선반, 책상 위의 길고 짧은 책꽂이에 이르기까지, 모두 안의 손을 거쳤다. 집은 여러 해에 걸쳐 조금씩 나아져갔다. 그는 천장의 모든 형광등을 떼고 레일을 깐 후, 조명을 교체했다. 안은 낮이든 밤이든 지나치게 밝은 것을 좋아하지 않았다. 안의 눈은 빛에 약했다. 집은 아늑하고 부드러웠다.

안은 곧장 주방으로 향했다. 유리병에서 말린 나무뿌리와 껍질을 조금씩 꺼내 주전자에 넣었다. 나무껍질을 손바닥으로 비비면 누룽지 냄새가 났다. 물을 가득 붓고 가스레인지에 올린 후 욕실로 들어서는 안의 움직임은 부산스러웠다. 나무뿌리의 흙냄새가 거실로 퍼져나갔다.

안은 빌려준 책에 대해 물었다.

안은 사시사철 내의를 입었다. 보통 러닝셔츠를 입었으나 한겨울에는 내복을 입기도 했다. 언젠가 안의 와이셔츠 소맷자락 아래 삐죽이 드러난 색 바랜 내의를 본 적이 있었다. 안은 내의가 더위와 추위 모두를 막아준다고 믿었다. 그는 와이셔츠 단추를 목 끝까지 채우며 나에게 다가왔다. 안의 시선은 내가 탁자 위에 올려놓은 동화책에 머물러 있었다. 젖은 머리에서 물방울이 떨어져 어깨를 적셨다. 안의 숱 많고 뻣뻣한 반백의 머리칼이 푹 가라앉아 있었다. 각진 턱이 더욱 도드라져 보였다. 안의 젖은 어깨에 자꾸 눈이 갔다. 나는 책이 재미없고 유치했다고 말하는 대신, 입을 다물었다. 안은 곧 끓인 물을 찻잔에 내왔다.

몇 가지 형식적인 질문이 끝나고, 우리는 함께 저녁을 준비하기 시작했다.

안은 커다란 나무도마를 꺼내 조리대 위에 올려놓았다. 내 앞에는 그보다 작은 플라스틱 도마를 놓아주었다. 우리는 말없이 야채를 얇게 썰기 시작했다. 적양파, 색색의 파프리카, 숙주, 무순, 오이, 당근, 깻잎, 고수가 바구니 안에 있었다. 채를 친 야채는 넓은 접시에 돌려 담았다. 오늘의 메뉴는 차가운 면 요리였다. 삶아서 찬물에 헹궈낸 면에다 얇게 채 썬 야채를 얹고 그 위에 액젓을 뿌려 먹는 음식이었다. 이 고장 사람들은 생선 비린내를 요리의 풍미와 연관시키곤 했다.

안은 나에게 칼 쥐는 법을 가르쳤다. 칼날과 손잡이 사이를 중지로 지탱한 후, 검지의 안쪽으로 칼등을 감싸 고정하고 나머지 세 손가락으로 손잡이를 가볍게 쥐는 것이 기본자세였다. 그래야 칼이 손에서 미끄러지지 않는다며, 안은 칼이 든 손을 사방으로 움직였다. 안은 이내 양파를 들어 식재료를 잡는 법을 직접 보여주기 시작했다. 엄지와 약지로 재료의 양옆을 고정하고 나머지 손가락을, 마치 공기를 채운 듯 한껏 둥글게 말아 보였다. 손끝이 칼날에 노출되지 않도록, 그리하여 칼날이 예기치 않은 방향으로 나아가더라도, 손톱이 손가락을 보호해줄 수 있어야 한다고, 그때 손톱은 상처를 입겠지만, 아프지는 않을 것이라고 안은 말했다. 안의 빠른 도마질 소리가 폭우처럼 밀려왔다 사라지기를 반복했다.

안이 내 접시 옆에 진하게 우린 엽차를 놓았다. 자신은 약초로 담근 독주를 양주잔에 따라 입술을 살짝 적셨다. 마당에서 바람을 타고 풀 비린내가 밀려왔다. 해 지기 직전, 풀은 가장 지독한 냄새를 풍겼다. 비린내가 안의 약초술 냄새와 뒤섞여 진동했다. 나는 구역질을 간신히 참아내며, 목구멍으로 끊임없이 국수를 밀어넣었다.

7

나는 산등성이를 지나 서서히 안의 집을 향해 밀려오는 밤의 기척을 느꼈다. 물에 뜬 밥알처럼 산 주변의 가로등 불빛들이 하나둘 켜지며 허공에 둥둥 떠다녔다. 토란밭 두렁에 발이 달라붙어 잘 떨어지지 않았다. 행인의 발목을 낚아채는 하얀 손에 관한 괴담이 떠올랐다. 진흙에 달라붙은 발이 땅속으로 끌려들어가는 것 같아, 나는 과장되게 무릎을 들어올리며 걸었다. 손에 들린 종이 가방이 연방 무릎에 부딪혔다. 가방 안에는, 집을 나서기 전에 안이 골라준 책이 들어 있었다. 겉표지에는 고등어 모양의 비행기에 올라탄 소년이 만국기를 몸에 두르고 있었다. 타닥, 타닥. 자갈들이 발길에 차여 튀어올랐다.

안의 집 앞에서 외곽으로 향하는 골목으로 들어서면, 이전의 주택가와는 사뭇 다른 풍경이 펼쳐졌다. 불에 탄 폐가, 주인이 죽은 뒤 방치된 집들, 젖은 빨래가 널려 있으나 인기척을 느낄 수 없는 민가들이 나타났다. 가꾸지 않은 집 마당과 돌담은 넝쿨에 잠식당해 있었다. 사람이 사라진 곳이라면 어디든, 꽃과 풀이 자라났다.

개 한 마리 없는 골목은 고적했다. 그 폐허의 중심에 허름한 교사(校舍)가 자리잡고 있었다.

교문은 굳게 닫혀 있었다. 나는 철조망에 얼굴을 바싹 갖다댔다. 철조망이 시아에서 벗어나자, 비로소 학교의 전경이 눈에 들어왔다. 건물은 낡았지만, 폐교는 아니었다. 그때, 어둠이 드리운 반대편 철조망 쪽에서 기척이 느껴졌다. 쇠와 쇠가 부딪히는 소리, 낡은 물체가 삐걱대는 소리가 규칙적으로 들려오기 시작했다. 나는 소리가 나는 방향으로 발을 떼었다. 망설이는 마음과 상관없이, 발은 한 걸음씩 앞서나가고 있었다. 곧 그늘에 가려졌던 사물이 형체를 드러냈다. 기였다.

철조망 너머로 녹슨 축구 골대와 가죽이 너덜너덜한 축구공, 등나무 넝쿨로 뒤덮인 정자가 있었다. 작은 수도꼭지 아래, 철제 세숫대야가 나뒹굴었다. 꺼져가는 햇빛이 스며든 모래들이 붉은빛을 띠었다.

기는 반대편 철조망에 양쪽 손가락과 운동화의 앞코를 끼우고 개구리처럼 달라붙어 있었다. 기는 몸에 반동을 주어 철조망을 앞뒤로 흔들어댔다. 철조망은 크게 휘청거렸으나, 이내 제자리를 찾았다. 기는 철조망을 넘고 싶은 모양이었다. 그러나 철조망의 꼭대기는 가시철망으로 무장하고 있었다. 기는 이내 땅으로 착지하며, 내가 서 있는 쪽을 건너다보았다. 내 발소리를 진작 들었을 것이었다. 기와 눈이 마주치자, 나는 그 자리에서 얼어붙는 듯했다.

등뒤로 어둠의 기척이 느껴졌다. 기의 정수리 위로 뚝, 뚝, 떨어지는 밤의 거친 입자들이 보였다. 어둠은 기의 얼굴에서 표정을 지워가고 있었다. 그림자에 함몰된 기의 얼굴이 보였다. 그만큼 어둠과 잘 어울리는 얼굴을, 나는 본 적이 없었다. 나를 뚫어져라 바라보던 기가 갑자기 뒤를 돌아 뛰기 시작했다. 기는 곧 어둠 속으로 빨려들어가듯 사라졌다.

나는 들고 있던 가방을 내려놓고 기가 서 있던 곳으로 발을 옮겼다. 그가 하듯, 철조망을 잡고 올라타보았다. 기가 뚫어지게 쳐다보던 풍경이 펼쳐졌다. 건물의 상태는 주변의 폐가와 크게 다르지 않았다. 밝은 상아색이었을 외벽은 때가 타고 곳곳에 칠이 벗겨져 잿빛을 띠었다. 나는 빨려들어갈 듯, 정면에 보이는 교실 창문에 시선을 고정했다. 이중으로 단단히 닫힌 창문에는 커튼이 없었다. 불 꺼진 창문들은 수십 개의 벌어진 입 같았다. 아가리를 벌린 채 돌진하는 물고기떼의 어둡고 깊은 목구멍이 떠올랐다. 모골이 송연했다. 나는 철조망에서 뛰어내렸다. 가방을 주워들고는 기가 사라진 방향으로 달리기 시작했다. 뒷목이 뻐근했다. 심장이 쿵, 쿵 뛰었다. 몇 개의 가로등을 지나자, 골목 끝에 다다랐다. 강이 나타났다. 강 너머로 여관의 붉은 간판이 보였다. 여관의 객실에서 새어나오는 노랗고 따뜻한 불빛이 멀리서 손을 흔들고 있었다. 다시, 불빛을 따라 달리기 시작했다.

8

주인 여자는 늦은 점심을 준비하고 있었다. 기는 탁자 맞은편에 앉아 여자의 뒤통수를 물끄러미 바라보았다. 그림자가 걷힌 기의 얼굴은 지난밤과는 사뭇 달랐다. 여자는 곧 커다란 보온밥통을 탁자에 올려놓았다. 콩나물국을 부어 바닥에 눌어붙은 밥을 주걱으로 긁어냈다. 밥이 적당히 불기를 기다리는 동안 서로 한마디도 하지 않았다. 둘은 묘하게 닮은 구석이 있었다. 기는 여자의 아들 같았다가, 부리는 하인 같기도 했고, 오랫동안 한 이불을 덮은 연인처럼 보이기도 했다. 둘은 동시에 머리를 맞대고 숟가락을 놀리기 시작했다. 반찬은 김치와 조린 어묵이 전부였으나, 연방 숟가락을 입으로 가져가는 둘은 여물을 먹는 한 쌍의 소 같았다. 나는 그 닮음이 익숙함에서 오는 것이라 짐작했다. 빈 그릇이 담긴 쟁반을 식당 주방에 가져다놓으며, 기가 있는 곳을 바라보지 않으려 애썼으나 자꾸 눈길이 갔다. 시선을 느낀 기가 내 쪽을 쳐다보았다. 나는 못 볼 것을 본 듯 황급히 고개를 돌렸다. 지난밤의 일이 줄곧 머릿속을 떠나지 않았다.

식사를 마친 주인 여자는 식당의 좌식 탁자 아래 모로 누워 쪽잠을 잤다. 구겨진 조간신문을 펼쳐 덮고 있었다. 둥글게 말린 어깨, 목이 늘어난 얇은 면티셔츠 아래로 젖가슴이 반쯤 드러나 보였다. 여자는 추레한 외양과는 달리 전면이 레이스로 장식된 자주색 브래지어를 하고 있었다. 여자의 입가에 침이 흘렀다. 주머니에 손을 넣자, 안에 든 돈봉투가 바스락거렸다. 안에게서 받은 여관비였다. 나는 신문을 살짝 걷어, 돈봉투를 여자의 앞가슴 근처에 놓아두었다.

기는 식당 앞 계단에 앉아 아이스크림을 빨아 먹고 있었다. 아이스크림 막대가 위아래로 움직이자, 볼이 부풀었다 홀쭉해지기를 반복했다. 입술과 혓바닥이 나뭇잎처럼 푸르렀다. 기는 아이스크림 막대를 목구멍 깊숙이 집어넣어, 남은 아이스크림을 입에 털어넣었다. 막대를 땅바닥에 던지고는 천천히 여관 골목을 빠져나갔다. 나는 기가 버린 막대를 바라보았다. 기에 대한 궁금증이 새싹처럼 돋아나고 있었다. 아이스크림 막대 주위로 개미떼가 모여들기 시작했다. 나는 막대를 주워들었다. 단내가 진동했다.

9

　잠결에 빗소리를 들었다. 서늘하고 축축한 공기가 볼에 닿았다. 몸이 바닥으로 무겁게 가라앉았다. 나는 깨어난 후에도 한동안 침대에 머물렀다. 빗소리가 꼭 닭 튀기는 소리 같았다. 햇빛이 없었으므로, 시간을 가늠할 수 없었다. 빗소리가 점차 잦아들자, 점심시간을 놓칠까 걱정되기 시작했다. 비가 오는 날이면 종종 터무니없이 늦잠을 자곤 했기 때문이었다. 자리에서 일어나 침대 밑에 벗어놓은 슬리퍼를 찾아 신었다. 머리통이 무거워 목이 뒤로 꺾일 지경이었다. 눈을 씻어야 했다. 일어난 지 채 십 분이 지나지 않아, 피로가 몰려왔다.

　두번째 발을 떼었을 때, 덜컥, 문손잡이가 돌아가는 소리가 들렸다. 어젯밤 방문을 잠갔는지 기억나지 않았다. 기억을 더듬는 사이 문이 열렸다. 경첩이 녹슬어, 문은 거의 비명을 지르다시피 했다.

　아줌마?

　대답이 없었다. 겁이 났다. 발을 옮기는 소리가 대답 대신 들렸다. 눈이 보이지 않았으므로, 불안은 곱절이 되어 밀려오고 있었다. 위기에 닥친 염소들이 그러듯, 그 자리에서 기절해버리고 싶었다. 눈을 떠보려 애썼다. 단단히 굳은 눈곱 때문에 찢어질 듯 아프기만 할 뿐이었다. 손을 더듬으며, 소리가 나는 쪽으로 발을 옮겼다. 그때, 목소리가 들려왔다.

이불 갈아주라고 해서.

기였다. 안도감과 당혹감이 차례로 밀려왔다. 위험한 상황이 아니라는 것에 안도했으나, 곧 기와 무방비상태로 마주쳤다는 데에 생각이 미치자 부끄러움으로 눈두덩이 화끈거렸다. 눈 주변에 덕지덕지 달라붙은 눈곱을, 잔뜩 구겨진 면티셔츠와 흉하게 말린 잠옷바지 끝단을 기는 분명 보았을 것이었다. 나는 걸음을 멈추고 미동도 하지 않았다. 곧 운동화를 벗고 방 안으로 들어오는 소리, 맨발이 방바닥에 쩍, 붙었다 떨어지는 소리, 접힌 이불이 서로 부딪혀 내는 사각거림이 차례로 이어졌다. 솜에서 나는 희미한 햇빛 냄새가 비 때문에 더욱 심해진 방 안의 곰팡내를 가로질렀다. 기는 침대 커버와 이불을 벗고 새것으로 바꾸는 듯했다. 그 시간이 무척 길게 느껴져, 나는 중심을 잃고 여러 번 옆으로 쓰러질 뻔했다. 두 다리를 어깨너비로 벌리고는 힘을 잔뜩 주었다. 눈을 감고 오랫동안 한자리에 서 있는 것이 여간 힘든 일이 아니었으나, 팔을 허우적대는 꼴을 보여주고 싶진 않았다. 일을 끝낸 기가 내

옆을 스쳐 지나갔다. 쿵, 문이 닫혔다. 기에게서는 흙냄새와 양파 냄새가 났다.

나는 주먹을 꽉 쥐었다 폈다. 방향을 놓쳤으므로, 사방을 더듬거리며 뒷걸음질쳐야 했다. 가까스로 침대에 도착했다. 출발점은 언제나 침대였다. 사선으로 네 발자국. 그 짧은 거리가 한없이 멀게 느껴졌다. 스테인리스의 찬 기운이 손끝에 닿자마자, 신경질적으로 수도 레버를 올렸다.

나는 곧 알 수 있었다. 기가 나가는 척 문을 닫고, 줄곧 나를 지켜보고 있었음을. 올렸던 수도 레버를 잠시 낮췄을 때, 조심스럽게 문손잡이를 돌려 열고 닫던 소리를, 나는 들었다.

여관 현관을 나서자 보도블록 틈을 비집고 나온 지렁이들이 민들레처럼 돋아나 있었다. 비가 그치자마자 햇볕이 내리쬐었다. 땅 위로 올라온 지렁이는 햇볕에 말라죽거나, 행인들의 발에 밟혀 죽을 것이었다. 나는 그 시한부 지렁이들을 밟지 않기 위해 주의를 기울이며, 기를 생각했다. 기의 행동을 곱씹고 또 곱씹어보았다. 어째서 그 자리에 남아 더듬더듬 욕실을 찾아가던 나를 지켜보았는지, 나를 비웃지는 않을지, 혹시나 소문을 내지는 않을지, 수많은 의문과 의심 들이 머릿속을 맴돌고 있었다. 기는 날씨만큼이나 종잡을 수 없는 상대였다. 기의 마음을 가늠할 수 없었다.

10

  이 고장에서 가장 흔한 수종은 소나무였다. 소나무는 도로변, 골목 어귀, 시장 뒤편 막다른 길목에 드문드문 솟아 있었다. 줄기가 붉고 비교적 곧게 뻗은 소나무를, 사람들은 약속장소나 이정표로 이용하기도 했다. 강변과 숲의 입구에 군락을 이뤘다. 몇몇 사람들은 소나무 밑에서 자라난 버섯을 채취해, 외지 사람들에게 비싼 값을 받고 팔았다. 십 리 밖까지 향이 이른다고 부풀려 말했다. 고속도로로 이어진 마을의 입구와 적송림이 자리잡고 있는 마을 안쪽에 여러 개의 직판장이 있었다. 노인들은 늦가을 채취한 능이나 각종 야생버섯을 말려 시장에 내다팔았다. 근래 시장에서 볼 수 있는 가장 흔한 품목이 건버섯이었다. 바다가 멀어, 해산물이나 바다 생선의 가짓수는 많지 않았다. 생선은 주로 절인 것들을 팔았다. 요즘과 달리 생선이 귀했던 시절엔 젓갈 대신 간장으로 김치 맛을 냈다고 했다. 시장에 이르자, 간장으로 담근 물김치 장독이 제일 먼저 나타났다. 처음 물김치를 맛보았을 때 나던 코를 찌르는 군내가 기억났다. 김치가 푹 익으면 간장의 퀴퀴한 냄새가 빠지고 맛이 깊어진다는 것을, 그때는 알지 못했다.

나는 시장을 한 바퀴 돌았다. 튀김 한 봉지를 산 후, 구석에 자리를 잡았다. 잡채가 잔뜩 들어간 만두튀김을 먹으며, 한 귀로 사람들이 나누는 대화를 엿들었다. 시장의 여자들은 늘 대화거리가 풍부했고, 소재가 떨어지는 법이 없었다. 목소리는 높고 말은 빨랐다. 누군가의 목소리가 듣고 싶을 때, 나는 시장을 찾았다. 이제는 귀에 익은 목소리들, 불분명한 발음, 처음엔 낯설었으나 다소 경박한 음악처럼 들리기 시작한 이 고장의 억양, 알음알음 얼굴을 익힌 이름들과 그에 얽힌 소문들을 듣고 있으면, 쉽게 시간이 흘렀다. 그들은 대화를 나누다 말고 종종 나에게 안부를 묻기도 했다. 그들에겐, 그 정도의 여유가 있었다. 나는 그곳에서 기에 관한 소문을 들었다.

빈 튀김봉지를 양손으로 구기며 시장을 빠져나오자, 시장 입구를 가로질러 끝없이 이어진 철로가 보였다. 마을에 철로가 생긴 것은 최근의 일이라고 했다. 철로는 강변을 바라보고 서 있는 아파트단지와 시장 사이를 통과했다. 좁은 철길은 오층짜리 아파트 뒤편 장미넝쿨로 장식한 울타리 바로 아래 있었다. 기차가 지나갈 때마다 발생하는 소음과 진동 때문에, 아파트 주민들은 철로를 옮기라고 성화를 부리고 있었다. 네 채의 아파트 벽 전면에 설치한 대형 현수막이 바람에 나부꼈다. 현수막엔 철도공사를 규탄하는 내용의 문구가 붉은색으로 적혀 있었다. 그 아래로, 중앙교를 향해 걸어가는 기가 보였다. 나는 구긴 튀김봉지를 주머니에 넣었다. 나도 모르게 기의 뒤를 밟았다. 기는 갈지자로 걸으며 다리를 휘젓고 다녔다. 다리 양쪽으로 줄지어 놓인 조경용 나팔꽃과 맨드라미 화분으로 다가가, 꽃의 목을 꺾었다. 입에 넣고 오물거리다 툭, 뱉었다. 기의 처지는 나와 다를 바 없었다. 기는 집으로 향하는 발걸음을 끊임없이 지연시키고 있었다. 기는, 차고 넘치는 시간을 어떻게 써야 할지 몰라 몸 둘 바를 모르는 것 같았다.

나는 기의 뒤를 쫓는 것을 그만두었다. 아침에 벌어진 일에 대해 생각하는 것도 멈추기로 했다. 당장 해결책이 떠오르지 않을 때에는 그 자리에 그대로 놓아두라고, 언젠가 안이 내게 말했었다. 모든 일엔 시간이 필요한 법이라고 했다. 며칠 후 안의 집에서 펜치 하나를 훔쳤다. 기의 행동에 더는 주석을 달지 않기로 한 것처럼, 나는 내 행동에도 의미를 부여하지 않을 것이었다.

11

훗날 기는 말했다.

나는 사람들이 그 숲에 대해 떠드는 것은 믿지 않아. 숲에 들어서면 달이 두 개로 보인다느니, 늑대와 마주쳤다느니, 버려진 무덤들이 비에 쓸려나가 유골이 도토리처럼 널려 있다느니 하는 것들 말이야. 그 사람들은 아마 평생 숲에 발을 들인 적도 없겠지. 나는 그 숲을 지나서 마을로 들어왔어. 마을 쪽에서 보면 산은 낮고 가파르지만, 반대편은 달라. 숲은 무척 길고, 깊지.

기는 그곳에서 여태껏 보지 못한 완전한 어둠을 '보았다'고 말했다. 그는 사람들이 늑대를 마주치거나 드물게 색이 아름다운 까투리를 보았다고 말하듯이, 어둠이 실재하는 양 말했다. 기는 숲에 한 발 한 발 들어서며, 자신이 지나온 모든 길들이 서서히 기억에서 지워져가는 것을 느꼈다고 했다. 그곳엔 밤에 우는 새도, 여우도, 그 많다던 늑대도 없었다. 기는 길을 잃었다. 앞으로 나아가는 것이 어리석은 것인 줄 알면서도 발을 멈출 수 없었다고 했다.

그런데 아주 얇은 빛줄기들이 나타나기 시작했어. 빽빽하던 나무들이 띄엄띄엄 이어지면서 커다란 늪지대가 보였어. 멀리, 물가에 희미하게 빛을 받아 반짝이는 것이 있었지. 나는 그게 뗏목이거나 다리일지도 모른다고 생각했어. 반가운 마음에 달려갔지. 가까이 다가가고는 깜짝 놀랐어. 시체였거든.

기는 늪지대 얕은 연못에서 익사한 주검을 보았다고 했다. 시체의 팔과 다리는 개구리밥과 자라풀로 뒤덮여 있었다. 혀를 뚫고 자라난 물백합을 보았다. 눈동자를 잃은 두 눈구멍은 물달팽이의 집이 되어 있었다. 수양버들 부드러운 줄기에 뒤엉킨 머리칼을 보다, 기는 깨달았다. 그것은 자신의 얼굴이었다. 부패가 진행되고 있었으나, 기는 알 수 있었다. 수면에 비친 자신의 얼굴을 대면하듯, 시체는 놀랍도록 기와 닮아 있었다. 기는 뒷걸음질쳤다. 나무뿌리에 걸려 주저앉았다. 시신은 계선주에 묶인 배처럼 나무기둥에 고정되어 규칙적으로 일렁였다. 물뱀이 물에 불은 시체의 가슴에 똬리를 틀고 목덜미에 대가리를 비비는 것을 보다, 기는 그만 까무러쳤다. 깨어난 기의 눈에 들어온 것은 무너질 듯한 헛간 천장과 백내장에 걸린 노인의 두 눈이었다.

기는 산과 멀지 않은 곳에 위치한 농부의 집 헛간에서 발견되었다. 집 주인은 구순 노인이었다. 가족이 없었다. 노구를 이끌고 밭을 갈 때는 무릎으로 기어다니며 밭을 갈았다. 그 모습이 자신이 기르던 소와 구별되지 않을 정도였다고, 사람들은 말했다. 기는 헛간에 숨어 사흘간 잠을 잤다. 어떻게 숲을 벗어났는지 기억하지 못했다. 늙은 암소가 그의 곁을 지켰다. 눈이 어두운 노인은 마른 볏짚 구석에 웅크리고 있는 기를 쉽게 발견하지 못했다. 사흘 뒤에야 썩은 볏짚을 거둬내던 중 잠든 기를 보았다. 노인은 처음, 늙은 암소가 낳은 새끼인 줄 알았다. 기는 자연스럽게 그곳에서 머물렀다. 한 달 뒤 노인은 잠든 상태에서 자연사했다. 집은 기의 것이 되었다.

12

　나는 안의 집을 나와 여관 반대방향으로 걸었다. 길어졌다 이울
어지는 그림자는 의자에 앉은 채 잠든 안의 실루엣 같았다.

　옥수수 울타리를 지나 마당에 들어섰을 때, 차양 밑 의자에 깊
숙이 몸을 누인 안의 뒤통수가 보였다. 그는 탁자에 두 다리를 올
려놓은 채 잠들어 있었다. 어두운 밤색 구두 앞코가 허옇게 닳아
찌그러져 있었다. 본래 감청색이었을 면양말은 물이 빠져 바다색
이 되어 있었다. 안은 발목이 얇았다. 안은, 자주 코를 골았다. 무
척 피곤할 때는 낮잠을 자다 이를 갈기도 했다. 그런 날은 온종일
턱을 만지작댔다. 그늘 때문에 안의 안색이 좀더 어두워 보였다.
나는 안의 얼굴 가까이 다가갔다. 안의 피부는 지우개처럼 두껍고,
윤기 없고, 말랑했다. 안에게선 늘 퀴퀴하거나 시큼한 냄새가 났
다. 막 샤워를 마친 후에는 냄새가 다소 옅어지기는 했으나, 사라
지진 않았다. 안의 내장 깊은 곳이 썩어가고 있는 것인지도 몰랐
다. 다가간 안의 몸에서 담배 냄새가 훅 끼쳤다. 나는 잠든 안의
얼굴 앞에 손을 갖다대고는 겁주는 시늉을 해보았다. 눈썹에 닿을

듯 손바닥을 가까이 가져갔으나, 깨어나지 않았다. 나는 빌려간 안의 책을 탁자 위에 올려두었다. 대신, 마당을 통과하며 공구통에서 펜치 하나를 꺼내 종이가방에 넣었다. 안을 깨우지 않고 그대로 마당을 빠져나왔다. 안이 눈치채지 못하게, 조용히 쓰고 가져다놓을 생각이었다. 펜치라면 공구통에 네 개나 더 있었다.

빈 종이가방에 든 펜치가 달그락거렸다. 펜치가 이동할 때마다 가방의 무게중심이 달라졌다. 종이가방은 힘없이 찌그러졌다 펴지기를 반복했다.

구멍가게를 지나다, 평상을 발견했다. 한쪽엔 이미 노인이 자리를 잡고 있었다. 눈이 너무 작아, 감고 있는 것인지 뜨고 있는 것인지 분간이 가지 않았다. 몇 올 남지 않은 머리카락을 힘껏 모아 쪽을 지고 있었다. 나는 멀찍이 떨어져, 평상 끝에 걸터앉았다. 그곳에서 밤이 오기를 기다렸다. 장판 곳곳에 난 칼자국과 담뱃불 자국을 손끝으로 더듬어보았다. 늙은 얼굴 뒤로, 뒤늦게 핀 개나리가 노랗게 일렁였다. 가게 앞은 공사중이었다. 집 몇 채를 허물어 땅을 다지고 있었다. 시멘트 벽돌로 세운 담 일부만이 남았다. 담의 정수리 위로 미적지근한 햇볕이 똬리를 틀었다. 담장 아래 두서없이 봄꽃이 피어났다. 꽃이 피었음을 그제야 알았다.

평상에서 엉덩이를 떼고 학교 쪽으로 길을 잡았다. 기가 그곳에 있는지 확인하고 싶었다. 학교 철조망에 달라붙어 있던 기를 떠올렸다. 그 모습은 자연스러웠고, 몸에 익은 듯 보였다. 기는 자주, 혹은 시간이 날 때마다 그곳에 갔을 것이었다. 내가 아니었다면, 기는 좀더 오랫동안 불 꺼진 교사를 바라보았을지도 몰랐다. 좀더 빨리 걷기 시작했다. 기를 놓칠까 염려되었다. 학교 건물 귀퉁이가 모습을 드러냈을 때, 다시 걸음을 늦췄다. 혹시나 기를 마주쳤을 때, 헐레벌떡 뛰어온 듯한 인상을 주고 싶지 않았다.

　기는 철조망에 매달려 있지 않았다. 대신 허리를 굽히고 철조 망 아래쪽을 유심히 살피고 있었다. 개구멍을 찾는 듯했다. 나는 두 손으로 땅을 짚고 있는 기에게로 다가갔다. 기는 놀라지 않았 다. 천천히 몸을 일으켜 두 손을 허벅지 부근에 비벼 닦았다. 나 는 가방에서 펜치를 꺼내, 기에게 내밀었다. 기의 눈이 그제야 동 그랗게 떠졌다. 이마에 힘을 줬다가 풀자, 귀가 앞뒤로 움직였다. 기는 여러 종류의 동물을 닮았다. 나는 펜치를 든 손을 기 쪽으로 좀더 내밀었다. 펜치를 받아쥔 기가 학교 뒤쪽으로 걷기 시작했 다. 작은 둔덕이 나타났다. 철조망은 그 둔덕을 따라 높게 장벽을 치고 있었다. 기는 둔덕을 올랐다. 무성한 잡초들을 헤치고, 성글 게 덮인 흙을 조금 파냈다. 펜치로 땅에 박힌 철조망을 자르기 시 작했다. 기는 개구멍 만드는 솜씨가 무척 능숙했다. 어깨가 빠져 나갈 수 있을 만큼의 공간이 만들어지자, 허리를 길게 늘이며 몸 을 일으켰다. 펜치를 멜빵바지 가슴께에 붙어 있는 커다란 주머 니에 넣었다. 기는 자신의 뒤에 멀뚱히 서 있는 나를 바라보며,

고갯짓을 해 보였다.

　나는 고개를 가로저었다. 학교라면 이미 충분했다. 돌아선 기는 망설임 없이 개구멍으로 기어들어갔다. 철조망 빗금 사이로 기의 모습이 솟아났다. 학교를 향해 빠르고 가볍게 걸어가는, 이내 어둠 속으로 사라지는 동그란 뒤통수가 있었다.

13

아버지의 트럭은 눈을 밀며 느리게 움직였다. 새벽안개와 뒤섞인 가느다란 눈발이 차창으로 달려들었다. 돌진한 눈의 결정들은 유리창에 그대로 얼어붙었다. 제설작업을 하지 않은 국도 한복판에서 트럭은 한계를 드러냈다. 차선 하나를 사선으로 가로질러 막은 채, 트럭은 멈춰 섰다. 안개 저쪽, 손톱만한 크기의 점멸하는 불빛들이 보였다. 마을은 멀지 않았다. 아버지는 운전석 문을 열었다. 눈은 차 문 바로 아래까지 쌓여 있었다. 뒷좌석에 놓아두었던 짐을 꺼냈다. 나는 아버지를 따라 조수석에서 뛰어내렸다. 쌓인 눈의 깊이를 가늠할 수 없었다. 발이 한없이 빨려들어가는 것 같아 겁이 났을 때, 단단한 바닥이 느껴졌다. 바닥이 미끄러워 중심을 잃었지만, 곧 아버지가 목덜미를 붙잡아주었다.

아버지는 손가락으로 목도리와 코끝을 번갈아 가리켰다. 나는 이내 목도리를 코끝까지 추켜올렸다. 그러자, 내 손에 검은 비닐봉지 하나를 들려주었다. 봉지가 눈에 끌렸다. 나는 그 비닐봉지를 어깨에 들쳐멨다. 우리는 눈길을 걷기 시작했다. 운동화 안으로 눈이 파고들었다. 눈은 바지 안으로도 들어와 맨다리에 달라붙었다.

아버지는 등에 자주색 이불보를 지고 앞서 걷고 있었다. 군용 내피를 껴입었으나, 아버지의 작업용 점퍼는 눈발과 추위에 무력해 보였다. 눈발이 속눈썹에 달라붙어, 자꾸 시야를 가로막았다. 멀리, 상호를 분간할 수는 없으나, 점차 크게 일렁이는 간판 불빛이 보였다. 아버지는 그것을 이정표 삼아, 묵묵히 전진했다. 등이 땀으로 젖어들어갔으나, 정수리는 완전히 얼어붙은 듯했다. 나는 집을 떠나오기 전날 밤을 떠올렸다.

우리는 마당 구석에 앉아 세간을 불태웠다. 책과 책상, 연필과 캐릭터 지우개, 이름을 새긴 책가방, 거칠게 부순 장롱과 어머니의 옷가지, 납작하게 내려앉은 목화솜 보료를 잘게 찢어 넣었다. 아버지와 내가 번갈아가며 불을 뒤적였다. 바람이 없어 연기가 곧게 하늘로 올라갔다. 불꽃이 일었다. 불에 가까워진 눈은 날벌레처럼 파르르 타들어갔다. 사라져가는 눈송이 소리를 들을 수 있을 만큼의 적요를, 아버지가 깼다.

고구마 굽고 싶다.

아버지가 멋쩍게 웃길래, 나도 따라 웃어보았다.

아버지의 발자국은 크고 깊었다. 나는 그 발자국 안으로 발을 집어넣었다. 발끝을 스친 눈 벽의 가장자리가 무너졌다. 이미 발끝부터 감각이 사라지고 있었지만, 발자국의 내부는 한없이 따듯하게 느껴졌다.

셔터가 내려진 송이 직판매장 두세 곳을 지나자, 기차역이 나타났다. 마을 이름이 박힌 간판이 달무리인 듯 허공에서 일렁였다. 우리는 역 부근의 여관으로 들어갔다.

남자는 키가 크고 마른 편이었다. 안쪽으로 동그랗게 말린 어깨는 폭이 무척 좁아 힘이 없어 보였다. 검은색 니트 모자를 귀까지 끌어내려 쓴 사내의 머리통은 커다란 골무 같았다. 짓눌린 귓불이 아직, 붉었다. 남자는 카운터 쪽문을 두드리고는 404호, 라고 말했다. 자판기에서 음료수가 튀어나오듯, 쪽문이 열리고 열쇠가 튀어나왔다. 사내와 아버지는 붉은 양탄자가 깔린 계단을 오르기 시작했다. 검은 비닐봉지가 계단에 질질 끌렸다. 그는 문득 걸음을 멈추고는 미간을 찌푸린 채 비닐봉지를 노려보더니, 다시 계단을 오르기 시작했다.

404호 안으로 이불보와 함께 나를 밀어넣은 아버지는 복도에서 사내와 오랫동안 대화를 나누었다.
여관방 내부는 차갑고 허름했다. 열린 창문으로 바람이 휘몰아쳐, 커튼이 산발하는 머리카락처럼 발광했다. 나는 창 가까이 다가가 커튼을 잡아 묶었다. 점점 커지는 아버지의 발소리를 뒤로 한 채, 창밖으로 고개를 내밀어보았다. 그곳에, 내가 오랫동안 바라보게 될 풍경이 있었다. 한쪽으로 쓸어모아둔 거대한 눈더미, 여관 입구에 뿌려놓은 연탄 부스러기 위로, 다시 차곡차곡 눈이 쌓였다. 눈발이 얼굴 위로 온 힘을 다해 부딪혀왔다. 까만 모자를 뒤집어 쓴 사내의 머리통이 여관 현관을 빠져나가는 것이 보였다. 그는 강변을 향해 발을 옮기고 있었다. 골목에 하나둘 발자국이 찍혔다. 그는 팔자로 걸었다. 그것은 내가 처음 본, 눈 위에 찍힌 안의 발자국이었다.

14

우리는 밤에 만났다. 밤의 기는 그나마 살가웠다. 우리는 서로
에게 시시한 안부를 묻기도 했다. 기는 습관적으로 상대방의 눈치
를 살피는 버릇이 있었다.

기는 구멍가게 앞 공터에서 서성이고 있었다. 공사는 땅이 평편
하게 다져진 상태에서 더이상 진척되지 않았다. 기는 그 폐허에서
무언가를 줍고 있었다. 내가 다가가자 허리를 펴고 주운 물건을
달빛에 비추었다. 기는 그것을 후후 불더니 소매 끝을 잡아당겨
여러 번 닦기 시작했다. 그것을 내게 내밀었다. 실핀이었다. 나는
기의 행동이 진심인지 장난인지 구분할 수 없어, 잠시 망설였다.
기는 눈에는 표정이 없어, 마음을 가늠하기 어려웠다.

싫어. 누가 버린 건데.

나는 기의 손을 쳐냈다. 기는 어깨를 으쓱해 보이곤, 망설임 없
이 실핀을 바닥에 던졌다. 몸을 돌려, 학교를 향해 걷기 시작했다.

멜빵바지 앞주머니가 볼록 튀어나와 있었다. 기는 늘 그곳에 펜치를 넣고 다녔다. 담 아래, 꽃은 이내 지고 잡풀이 무성했다.

기는 둔덕 위로 올랐다. 용케 개구멍을 들키지 않았다. 나는 개구멍을 통해 학교로 들어서는 기를 지켜보았다. 우리는 국경에 선 남매처럼 철조망을 사이에 두고 눈인사를 했다. 나는 기가 학교에서 무엇을 하는지 궁금해하지 않았다.

밤바람이 따듯했다. 찬 기운이 완전히 가셔, 계절의 변화를 실감케 했다. 눈을 감았다 뜨면, 겨울이 가고 봄이 왔다. 다시 얕은 잠에서 깨어나면, 봄이 가고 여름이 올 것이었다. 물고기들이 알을 낳기 위해 강 상류로 무리지어 올라올 것이었다. 더러는 낚싯대를 메고 마을을 찾을 것이었다. 잡은 물고기 중 가장 아름다운 것을 골라 들고, 제물을 바치듯 안의 집으로 조심조심 걸어들어갈 것이었다. 나는 매년 초여름이면 줄지어 안의 집으로 발을 들이는 낚시꾼들을 보아왔다. 안은 어탁 전문가였다.

15

안의 작업은 솜방망이를 만드는 것으로부터 시작되었다.

책상 위에는 한 뭉치의 이불솜, 명주, 실과 꼬치용 나무막대 몇 개가 가지런히 놓여 있었다. 솜방망이는 어탁의 채색과정에서 붓 대신 이용했다. 크기는 오백원짜리 동전만한 것에서부터 어린아이 엄지손가락 손톱만큼 작은 것까지 다양했다. 안은 한 번 사용한 솜방망이는 다시 사용하지 않으므로, 항상 넉넉한 양을 미리 준비해두어야 했다. 안이 솜방망이 만드는 일을 우선으로 하는 것은, 그것이 안에게는 가장 고된 작업이기 때문이었다. 큰 손으로 작은 명주보자기 위에 솜을 뭉쳐올리고 실로 단단히 묶어 고정하기란, 여간 어려운 일이 아니었다. 가장 작은 크기의 솜방망이는 쥐기 편하도록 끝에 꼬치용 나무막대를 끼워 고정했다. 손끝이 무딘 안은 핀셋을 이용했다.

안이 침실 문을 열고 나왔다. 검은색 골지무늬 티셔츠에 청바지 차림이었다. 안은 덩치와 다르게 발걸음이 무척 가벼웠다. 발뒤꿈치부터 조심스레 바닥에 내려놓는 안의 걸음걸이는 발소리가 거의

나지 않았다. 신발을 끄는 버릇도 없었다. 안은 이미 햇볕에 까맣게 그을려 있었다. 문이 열리고 닫히는 사이, 문틈으로 침실이 살짝 드러났다. 안이 넓은 보폭으로 성큼성큼 다가왔다. 내 정수리에 살짝 손을 얹었다 떼고는, 책상에 앉았다. 평소에는 잘 쓰지 않는 돋보기를 꺼내놓았다.

안은 나에게 근황을 물었다.

안부를 묻는 안이 낯설었다. 안은 그와 같은 질문을 한 적이 없었다. 안은, 나에게 대체로 아무 일도 일어나지 않는다는 사실을 잘 알고 있었다. 나는 그 특별한 일에 기를 떠올렸다. 이곳에서 지내는 동안 일어난 가장 큰 변화는 기였다. 기가 아니었다면, 안의 펜치를 훔치는 일도, 어둠을 밟고 긴 골목을 돌아나가는 일도 하지 않았을 것이었다. 그러나 안에게는 기에 대해 말하고 싶지 않았다. 펜치에 대해서도 사실대로 말할 수 없었다. 나는 안의 눈치를 살폈다. 바쁘게 손을 놀리면서도 나에게 조금씩 신경을 나누어 쓰고 있는 것이 느껴졌다. 나는 기에 대해 끝내 말하지 않았다.

그 대신 나는 의자를 끌어다 안의 옆에 놓았다. 가장 작은 크기의 명주보자기를 앞에 갖다놓았다. 솜을 보자기 정도 크기로 뜯어 꾹꾹 뭉쳤다. 어린아이 귓불 정도로 말랑하게. 안이 말했다. 안은 내 태도를 대수롭지 않다는 듯 넘겼다. 나는 뭉친 솜을 명주보자기 위에 얹고 나무막대를 얹었다. 보자기의 네 귀퉁이를 잡아 막대 주변을 감쌌다. 솜을 단단히 말아쥔 후, 실로 여몄다. 나에게는 그다지 어려울 것 없는 작업이었다. 매듭을 지은 실의 양 끝을 잘 라냈다. 솜방망이는 내 검지 길이 정도였다. 안에게 보여주자, 잘 했다, 라고 웃으며 말했다. 나는 다시 명주보자기를 집어들었다. 안의 칭찬이 오랫동안 귓가에 머물렀다.

안의 집 마당을 빠져나왔을 때, 아이스박스를 든 사내 하나가 옥수수 울타리 사이로 들어왔다. 낚시터에서 바로 달려온 듯 보였 다. 어탁을 할 때 가장 중요한 것은 물고기의 신선도라고, 안이 말 했었다. 아이스박스의 크기로, 대어일 것이라 짐작되었다. 안은 겨 울에서 늦봄까지는 어탁을 하지 않아, 날이 풀리면 일이 한꺼번에 몰리는 편이었다. 아이를 안듯, 아이스박스를 앞가슴에 꼭 끌어안 았다. 나는 안이 준 돈봉투를 열어보았다. 생활비와 여관비였다. 그런데 돈이 조금 모자랐다. 안은 셈이 무척 정확해 실수하는 법 이 없었다. 불현듯 펜치가 떠올랐다. 모자란 돈이 펜치 값일지도 모른다는 생각이 들었다.

16

여름이 시작되자 마을은 활기를 되찾았다. 주말엔 관광객 수가 크게 늘었다. 낚시꾼들, 인근 도시에서 강과 숲을 보러 온 사람들이 주를 이뤘다. 그들은 댐 부근이나 강 상류, 계곡에 차를 세워두고 시간을 보내다 돌아갔다. 노점상이 늘었다. 노인들은 파라솔 아래 쭈그리고 앉아 말린 사과나 곶감, 구운 떡을 팔았다. 여관은 아직 큰 변화가 없었다. 그러나 본격적인 휴가철이 시작되면 만실은 시간문제일 것이었다.

기는 여관 로비의 대형거울을 신문지로 닦고 있었다. 거울 닦기를 마치자, 현관 유리쪽으로 세제 양동이를 옮겼다. 나는 계단에서 지켜보고 있다가, 재빨리 기를 지나쳐 여관 밖으로 나갔다. 유리문 밖에 바짝 붙어서서, 이제 막 유리를 닦으려 자세를 잡는 기를 향해 입 모양으로 인사했다. 안녕. 기는 눈을 한번 크게 깜박여 보였다.

땅과 멀지 않은 곳에 해가 있었다. 구름도, 바람도 없이, 햇빛은 정수리 위로 곧장 떨어졌다. 강에 내려앉은 빛들이 물결을 따라 산란했다. 산란하는 빛 위로, 강변의 버드나무 잎사귀가 떠다녔다. 두 마리의 푸른 물고기처럼 서로의 꼬리를 물고 하류로 이동하는 것을, 나는 보았다.

흙길로 접어들었다. 땅은 갓 지은 밥처럼 한없이 푹신했다. 올해 처음 꺼내입은 반소매 티 끝단에 좀이 슬어 있었다. 냄새가 났다. 허옇게 버짐이 핀 피부 위로 따스한 기운이 스며들었다. 이 고장은 풍요로운 빛의 수혜를 누리고 있었다. 건조한 날씨 때문에, 눈이 참을 수 없이 간지러웠다. 이내 아려왔다. 눈 안쪽 살이 붉게 부어오른 것이 느껴졌다. 나는 눈을 감았다가 천천히 뜨기를 반복했다. 유령처럼 나타났다 사라지는 얼굴 하나가 있었다.

나는 노래하는 사람을 하나 알고 있었다.

그녀는 비둘기처럼 앞가슴이 크고 두상이 작았다. 귀에 바싹 붙여 자른 단발머리가 멀리서 보면 모자를 쓴 것 같았다. 그녀는 주로 이국의 가곡을 불렀다. 누구도 가사를 이해하지 못했다. 그 목소리를 이해하는 사람도 별로 없었다. 너무 심하게 떨어대, 본래의 음정이 무엇인지 짐작할 수 없을 정도였다. 그녀는 숨이 끊어질 듯 간신히 음을 붙잡으며 노래를 끝맺곤 했다. 마지막 음은 죽음을 맞이하는 하루살이의 날갯짓을 연상케 했다. 목소리는 두려움으로 가득 차 있었다. 뭍으로 올라온 배를 밀듯, 음은 힘겹게 나아갔다. 그러나 바다는 멀었다. 노래는 여전히 어둠 속에 있었다. 그 노래를 다시 듣고자 하는 사람도 거의 없었다. 망설임, 주저함, 두려움과 공포는 사람들이 노래를 통해 얻고자 하는 것과 가장 동떨어진 곳에 존재하는 것들이었다. 나는 그녀를 장(薔)이라고 불렀다.

장의 얼굴은 이내 커다란 흰 점으로 변했다가, 빛이 되어 사라졌다. 장이 사라진 텅 빈 골목 끝에 '솜틀집'이라는 세 글자가 적힌 단출한 입간판이 보였다. 나는 솜틀집을 향해 걷기 시작했다.

17

기는 무엇이든 주워 주머니에 넣는 버릇이 있었다. 객실 청소를 하다, 복도와 벽의 경계, 보도블록 틈 사이에 자라나는 민들레 잎사귀 그늘에서, 기는 무엇인가를 발견하고는 주머니에 넣었다. 동전, 머리핀, 열쇠, 콘돔, 고무줄, 단추 등 물건은 사소하고 다양했다. 모아둔 물건에 가치를 부여하지는 않았다. 쓰임새가 있는 것과 없는 것, 새것과 낡은 것, 싼 것과 비싼 것의 경계가 없었다. 때문에 오해를 사기도 여러 번이었다.

며칠 전 기는 손님의 넥타이핀을 주워 주머니에 넣고 다니다, 도둑으로 몰렸다. 주인 여자에게 흠씬 두들겨맞고는 삼 일간 여관에 나오지 못했다. 기는 보통사람들과 다른 기준으로 살아가고 있었고, 그 때문에 치르는 대가도 만만치 않았다. 그러나 기는 변하지 않았다. 기는, 고집불통이었다.

장은 자신의 풍만한 몸을 언제나 감추려 했다. 정확히는, 풍채의 영향을 전혀 받지 못한 가느다란 목소리를 부끄러워했다. 장은 자신이 즐겨 부르는 가곡의 가사를 적어 내게 주곤 했다. 작게 접은 쪽지 속 쌀알만큼 작은 글씨들의 집합은, 차라리 그림 같았다. 바다 깊은 곳 학공치떼처럼, 글씨들은 백지 위를 무리지어 유영했다. 새를, 꽃을, 봄을 노래하는 가사는 연서나 다름없었다.

밤이 오면, 철조망 안쪽으로 펼쳐진 학교는 온전히 기의 세계였다. 앞주머니에 든 펜치로 무장한 기가 학교의 주인인 양 그 경계에 서 있었다. 버려진 잡동사니를 잔뜩 넣은 양쪽 주머니는 토끼 볼처럼 부풀어 있었다. 눈두덩의 푸른 멍은 음영이 드리워진 듯 보였다. 기는 여느 때처럼 뒤돌아가지 않고 머뭇대고 있었다. 철조망 바깥쪽에 마주 선 내가 의아하다는 듯 고개를 갸웃대자, 기가 손을 내밀었다. 나는 기의 손바닥을 바라보았다. 기의 작은 손바닥은 그리운 다른 손바닥들을 차례로 상기시켰다. 기의 손은 커졌다, 부드러워졌다, 이내 작고 단단한 본래의 모양새로 돌아갔다. 기는 손을 거두지 않았다.

나는 대답 대신 개구멍 쪽으로 몸을 숙였다. 기와 나는 체구가 비슷했으므로, 쉽게 어깨가 빠져나왔다. 엎드린 채 양손으로 땅을 짚고 몸을 앞으로 밀려 할 때, 기가 위에서 내 양쪽 옆구리를 잡고 잡아당겼다. 하체가 개구멍을 통과했다. 바닥에 엎드려 있는 나를 향해 기가 다시 한번 손을 내밀었다. 나는 기의 손을 맞잡았다. 위로 끌어올리는 힘 덕분에 쉽게 몸을 일으킬 수 있었다. 기의 손은 차디찼다.

기는 이내 잡은 손을 놓고, 개구멍을 정리했다. 잠시라도 개구멍의 흔적을 방치하지 않는 것이, 여태껏 들키지 않고 학교를 오갈 수 있었던 노하우였다. 눈앞에, 학교가 있었다. 교사는 금방이라도 무너질 듯 곳곳에 균열이 가고 녹이 슬어 있었다. 기가 내 옆에 섰다. 가슴이 뛰기 시작했다. 사위가 고요해, 기에게까지 심장 뛰는 소리가 들릴 것 같았다. 가슴이 뛰는 이유가 숨어들어온 학교 때문인지, 나란히 선 기 때문인지 분간할 수 없었다. 우리는 학교를 향해 조심히 발을 떼었다.

18

안의 작업대 위에는 잉어 한 마리가 놓여 있었다. 물기를 제거하는 데 쓰인 듯한 타월이 한쪽에 개어져 있었다. 잉어의 전장은 오십 센티미터에 이르렀다. 비늘과 지느러미, 아가미와 입 모두 온전했다. 안은 물고기의 물기와 분비물을 닦아내는 데 오랜 시간을 들였다. 민물고기 특유의 점액질은 잘 닦이지 않았다. 작업중 한지에 핏물이 스며들 수도 있었다. 어체가 싱싱할수록, 항문이나 아가미에서 흘러나오는 분비물의 양은 적었다. 물기를 제거하는 과정은, 잉어가 살아 있었던 흔적을 지우는 과정 같았다. 완전히 메마른 어체는 화석이라도 된 듯 현실감이 없었다. 죽은 물고기는 한지 위에서 다시 색을 얻었다. 영원히 유영할 수 있었다.

나는 가져온 티슈상자를 꺼냈다. 입구를 오려낸 상자 안에는 솜방망이들이 가득 들어 있었다. 중간 이하의 크기들, 이쑤시개를 꽂아 쓸 만큼 작은 크기의 솜방망이들이 대부분이었다. 안의 큰 손으로 작은 솜방망이를 만드는 것은 무리였다. 나는 티슈상자를 찬합 옆에 두었다. 구절판용 찬합에는 솜방망이들이 크기별로 정리되어 있었다. 열 개 남짓한 솜방망이를 만들기 위해, 안은 몇 시간 동안 씨름했을 것이었다. 안의 잔뜩 구겨진 미간이 눈앞에 선연히 그려졌다. 안은 무언가에 집중하고 있을 때면, 입을 새 부리처럼 내미는 버릇이 있었다.

돋보기를 쓴 안은 십 년은 더 늙어 보였다. 크지 않은 눈이 좁쌀만해졌다. 안은 의자에 앉으며, 책상 위에 있는 티슈상자와 나를 차례로 바라보았다. 아무 일도 없었다는 듯 자리에 앉은 안은, 휴지를 작게 접어 잉어 표면에 가만히 갖다대었다. 더이상 나올 것이 없어 보이는 잉어는, 입술, 아가미, 항문, 지느러미, 비늘과 비늘 사이로 조금씩 물을 흘려보내고 있었다. 흔적을 지우는 과정은 지난했다. 나는 안의 옆에 서서 어체를 다루는 그의 손을 하염없이 바라보았다.

휴지를 이렇게, 작게 접어줘.

일전에 안의 옆에 가져다놓았던 의자가 여전히 그 자리에 있음을 깨달았다. 물건을 제자리에 놓아야 직성이 풀리는 안에게는 의외의 일이었다. 나는 그 의자에 앉았다. 접은 휴지를 안의 손이 오가는 곳에 놓았다. 안은 핀셋을 이용해 아가미와 입, 항문에 휴지를 넣기 시작했다. 휴지를 넣은 잉어의 입이 살짝 벌어졌다. 사위는 고요했다. 먼지와 뒤섞인 빛의 입자들이 안의 손등과 잉어 위로 내려앉았다. 어탁을 돕는 것은 처음이었다. 사각거리는 휴지 소리만 고요 속에서 빛났다.

안은 임종을 맞은 얼굴을 흰 요로 덮듯, 한지로 잉어의 몸체를 감쌌다. 물기를 제거하는 마지막 과정이었다. 분무기로 물을 살짝 뿌려, 한지가 잉어 몸체에 완전히 달라붙게 했다. 어체에 남은 마지막 잔재들은, 천천히 한지에 스며들 것이었다.

학교는 소각장의 타다 남은 쓰레기와 줄지어 놓여 있던 쓰레기통들이 아니었다면, 폐교라 해도 이상할 게 없을 정도로 황폐했다. 몇 시간 전까지 아이들로 가득 차 있었다는 것이 믿기지 않았다. 물 빠진 바다처럼 인적은 감쪽같이 사라지고 없었다. 어둠 속에서, 발소리도 없이, 우리는 교정을 거닐었다. 물속 물고기처럼 입을 뻐끔거렸다. 젖은 흙이 묻은 발자국이 시멘트 바닥 위에 찍혔다.

기는 자신이 학교 구석구석에 몰래 남겨놓은 흔적들이 있는 곳으로 나를 데려갔다. 학교 현관문 사이에 끼워놓은 콘돔, 세종대왕 동상의 펼쳐진 손바닥 위에 쌓아놓은 동전들, 화단 구석에 만들어놓은 쥐며느리의 무덤, 축구 골대에 서툴게 새긴 기, 라는 이름. 기는 그 흔적들로 서서히 자신의 영역을 넓혀가고 있는 것 같았다. 기가 마지막으로 데려간 곳은 기념식수 앞이었다. 낮은 울타리로 둘러싼 주목(朱木) 아래, 목이 비틀린 채 죽은 새 한 마리가 있었다.

교사는 문과 창문 모두 굳게 닫혀 있었다. 기는 건물 내부로 들어서려는 시도조차 하지 않았다. 문을 열 방법을 찾지 못했을 수도, 어쩌면 나에게는 보여주고 싶지 않았는지도 몰랐다. 우리는 운동장을 뛰어다니며 무수한 발자국을 남겼으나, 모래는 금세 흔적을 지워냈다. 우리는 귀신이 된 듯했다. 학교를 떠도는 환영들이 있다면, 우리와 다르지 않을 것이라 생각했다.

19

　장과 나는 서로의 초상화를 그려주기로 했다. 나는 붉은 동백 하나를 그렸다.

　학교를 빠져나온 우리가 향한 곳은 기의 집이었다. 집은 학교 주변의 폐가들 가운데 있었다. 녹이 슨 대문은 아랫부분이 뜯겨져 나가고 없었다. 기는 먼저 달려가 대청마루 기둥에 붙어 있는 스위치를 켰다. 백열등이 켜지며, 마당의 전경이 드러났다. 먼지를 뒤집어쓴 경운기 한 대가 눈에 들어왔다. 썩은 볏짚들, 낡은 농기구 옆으로 빈 외양간이 있었다. 여기, 내가 태어난 곳. 기가 손가락으로 구유를 가리키며 말했다. 집은 황폐했다. 백열등 주위로 날벌레들이 모여들어, 타닥타닥 타들어갔다. 매달린 옥수수와 메주는 곰팡이가 슬어 있었다. 우리는 대청마루에 앉았다. 마루 한구석, 두 포대씩 쌓인 밀가루와 쌀에 눈길이 갔다. 구청 직원이 가져온 것이라고 했다.

　집 안에 들어서자, 기는 부쩍 말수가 늘었다. 세간의 단출함이 부끄러웠기 때문일 것이라 짐작했다. 기의 생활은 예상했던 것보다 더 곤궁했다. 방 안엔 구청에서 나누어준 헌옷들과 이불이 어지럽게 뒤섞여 있었다. 천장 가까이 할머니와 할아버지의 사진이 나란히 걸려 있었다. 그들이 기와 아무런 연관이 없다는 것을, 나는 소문을 들어 알고 있었다.

우리는 함께 부엌으로 갔다. 냉장고에는 플라스틱 찬합이 들어차 있었다. 밥과 몇 가지 반찬으로 제법 구색을 갖춘 도시락이었다. 매일 하루에 하나씩 보급된다고 했다. 아예 손대지 않은 것이 다섯 개가 넘었다. 우리는 다섯 개 모두를 가져와 상 위에 펼쳐놓았다. 기는 TV 장식장을 열어 나무젓가락 두 개를 꺼냈다. 서랍 안은 컵라면으로 가득 차 있었다. 반찬은 김치를 제외하고는 거의 겹치는 것이 없어, 가짓수가 꽤 되었다. 나는 이렇게 많은 가짓수의 반찬으로 밥을 먹어본 적이 없었다. 안을 제외하고, 마을에서 누군가와 함께 밥을 먹는 것도 처음이었다. 초여름 모기가 벌써 기승을 부렸다. 손등이 물려 벌겋게 부어올랐다. 나는 연신 침을 발랐다.

장은 바다 밑바닥에 누워 있는 여자아이를 그렸다. 소녀는 죽은 듯 보였고, 벌거벗고 있었다. 소녀와 비슷한 크기의 커다란 조가비, 해초들이 주변을 둘러싸고 있었다. 소용돌이 형상의 노란 물고기떼가 소녀를 향해 몰려오고 있었다. 누운 소녀의 메마른 얼굴이 푸르렀다. 나란히 포개어진 두 손이 가슴 위에 있었다.

20

　안은 자주 다쳤다. 안은 매사에 신중하고 조심스러운 성격임에
도, 크고 작은 사고들이 끊이지 않았다. 칼이나 전기톱과 같은 연
장을 늘 가까이 두기 때문이라고, 안은 둘러대곤 했다.

　작년 봄엔, 지붕을 수리하다 추락해 오른쪽 발가락 다섯 개가
모두 부러지는 사고가 있었다. 마당에 대자로 누워 있던 안을 발
견한 사람은 수도 검침원이었다. 양쪽 팔꿈치에서 피가 철철 흐르
는 안을 본 주부 검침원은 놀라 비명을 질러댔다. 안이 도리어 사
색이 된 여자를 달랬다. 병원에 도착한 안은 여관으로 전화를 걸
어, 나에게 슬리퍼를 가져오라고 했다. 치료를 끝낸 후엔 의사의
반대에도 집에 가겠다고 고집을 부리는 통에 작은 소동이 벌어지
기도 했다. 안은 자신의 침대가 아니면 잠을 이루지 못했다.

　고통스러운 건 매한가지인데, 왜 불편하기까지 해야 하는지 모
르겠네.

안은 좁은 철제침대와 오후 내내 켜져 있는 텔레비전을 혐오스럽다는 듯 쳐다보며 말했다. 삼 일만 입원하라는 의사의 설득에도, 결국 안은 밤늦게 퇴원했다. 입원하지 않아 벌어질 수도 있는 일들에 대한 책임은 모두 자신에게 있다는 각서에 사인한 뒤였다. 안이 내 어깨 위에 팔을 살짝 얹으며 미간을 찡그렸다. 때가 긴 듯 손톱 밑에 굳어버린 피딱지가 보였다. 나는 안의 운동화와 진통제가 잔뜩 든 비닐봉지를 손목에 걸고는 그의 허리를 꼭 껴안았다.

병원 앞에서 택시를 기다렸다. 밤바람이 매웠다. 까치집을 튼 안의 머리칼이 바람에 힘없이 나풀댔다. 훤히 드러난 뒷목이 푸르렀다. 나는 안의 유별남에 질려, 입을 닫아버렸다. 안은 이곳이 고향이면서도, 연락할 사람이 나밖에 없었다.

안은 안정판을 만들기 위해 아크릴판을 자르고 있었다. 물고기의 모양새보다 넉넉히, 여러 조각으로 나누어 만들었다. 압착 스티로폼으로 유선형인 물고기의 머리와 꼬리 부분을 베개처럼 받쳐주어, 최대한 평면에 가깝게 만들어야 했다. 그래야 화선지에 찍었을 때, 퍼져 보이지 않았다. 어탁의 가장 기본적인 역할 중 하나는 어체의 크기를 정확히 표현하는 데에 있었다. 안은, 자른 아크릴판의 모서리를 둥글게 다듬기 시작했다. 안정판의 모양은 자로 잰 듯 정확할 필요가 없음에도, 안은 꼼꼼하기 이를 데 없었다.

66

아앗.

안을 기다리며 차를 마시다, 고개를 돌렸다. 여지없이, 안이 손가락을 베였다. 멀리서도 붉은 피가 선명히 보였다. 안은 안정판에 피가 떨어질까 염려되었는지, 벌떡 일어나 뒤로 물러났다. 의자가 마룻바닥에 끌려 고약한 소리를 냈다. 안은 휴지로 왼쪽 검지를 감쌌다. 익숙한 광경이었다. 나는 책장에 달린 작은 서랍에서 소독약과 면봉, 일회용 반창고를 꺼낸 후 안에게 다가갔다. 아크릴용 칼은 무척 날카로웠다. 상처가 퍽 깊어, 벌어진 틈으로 누런 뼈가 드러나 보였다. 꿰매야 할 것 같았지만, 안이 병원에 갈 일은 없었다. 지나치게 꼭 쥔 탓인지, 손가락이 새파랗게 질려 있었다.

나는 안의 손가락에 소독약을 부었다. 거품이 일었다. 안이 가볍게 몸서리쳤다. 소독약이 마른 후, 면봉에 크림을 묻혀 상처에 잔뜩 발랐다. 안은 손이 무척 컸다. 갑각류의 것 같은 안의 손엔, 그의 나이만큼 많은 숫자의 흉터가 곳곳에 들어차 있었다. 내가 안의 손가락을 밴드로 감싸고 있을 때, 안이 말했다.

아버지가, 잘 지내느냐고 물었어.

나는 다 쓴 면봉과 반창고 포장지를 주워 꼭 쥐었다. 고개를 가볍게 끄덕여 보였다. 아무것도 되묻지 않았다. 아버지의 행방이 더는 궁금하지 않을 만큼, 나는 자라 있었다.

어탁 의뢰는 물밀듯이 밀려들어왔다. 안에게는 일을 받아들이는 자신만의 기준이 있었다. 물고기가 아름다울 것. 냉동하지 않을 것. 의뢰인이 예의바를 것. 그래서 안이 실제로 작업하는 양은 의뢰 건수보다 터무니없이 적었다. 안은 다친 왼쪽 검지를 내밀며, 나에게 도움을 요청했다. 한없이 느린 안의 손은 왼손을 잃어 작업이 더욱 더디게 되었다. 나는 거의 매일 안의 집으로 갔다. 안은 선물로 겉표지가 새파란 사전 한 권을 주었다.

21

장은 아버지가 없는 집에 스며들었다. 용돈이 풍족했던 장은 케이크나 직접 구운 쿠키 따위를 사들고 찾아왔다. 냉장고에서 통째로 꺼내온 반찬들을 책가방에서 꺼내며 수줍게 웃어 보였다. 장은 소꿉놀이를 하듯, 어설프게 계란죽을 끓이거나 멜론을 작게 잘라 입에 넣어주었다. 장은 부끄러움을 많이 타고, 낯가림이 심했지만, 때때로 대담하고 적극적인 면모를 보이기도 했다. 장은 손이 찼다. 얼굴에는 홍역을 앓듯 언제나 열꽃이 피어 있었다. 장은 동물 다큐멘터리를 좋아했다. 오이는 먹지 않았다.

식재료를 실은 트럭이 찾아오는 날이면, 여관은 들어온 재료들을 정리하고 다듬느라 아침부터 부산했다. 트럭은 일주일에 한 번 이곳을 지났다. 양파나 파, 마늘, 무나 배추같이 흔히 쓰이는 채소를 산지에서 구입해 동네 시장보다 약간 낮은 가격에 공급했다. 오래 거래를 트고 지낸 식당의 경우엔 대신 장을 봐주기도 했다. 여관에 늘 매여 있어야 하는 아줌마에게는 두 다리나 다름없었다. 달걀이나 두부, 돼지고기 따위가 함께 들어왔다. 종종 소금이나 쌀을 팔아주기도 했다. 그는 늘 앞주머니에 작은 수첩과 몽당연필을 넣어가지고 다녔다. 수첩에는 주문 들어온 물품, 공급한 식재료 목록, 외상값 따위가 적혀 있었다. 마을과 마을을 오가며 정해진 거처 없이 떠돌아다니는 그는, 아버지가 그러했듯 마을의 사정이나 풍문에 밝았다. 양파 한 자루와 함께 여관 식당에 들어서자마자 쩌렁쩌렁 울리는 목소리로 주인 여자를 불렀다. 기는 신호탄을 들은 육상선수처럼 트럭을 향해 달려나갔다.

그는 며칠 전 아파트단지 주민과 군청 직원이 크게 몸싸움을 벌인 일에 대해 이야기하고 있었다. 축제 준비에 돌입한 군청이 아파트 외벽에 걸린 대형 현수막을 눈에 거슬려 하는 모양이었다. 아파트는 기차역 근방에 자리잡고 있어, 대형 현수막은 마을 입구에 걸린 환영인사처럼 대번에 눈에 띄었다. 붉은색 궁서체로 적힌 소음, 죽음, 따위의 문구들이 문제였다. 철마다 축제를 열어 관광객을 유치하기 위해 혈안이 되어 있는 군에서는 마을의 이미지가 무엇보다 중요했다. 그러나 철거를 권고하러 아파트를 방문한 것이, 도리어 불에 기름을 붓는 격이 되었다. 사지에 내몰린 듯 날카로워져 있던 주민 하나가 직원의 머리채를 잡고 시장으로 끌고 나갔다. 마구잡이로 주먹을 날리던 그는 옆에서 말리던 마을 사람들과도 시비가 붙어, 삽시간에 난장판이 되었다고 했다.

축제는 한 달 가까이 남았지만, 마을 곳곳엔 이미 홍보 포스터가 붙어 있었다. 펄펄 날뛰는 물고기와 뜰채를 손에 쥔 아이들의 삽화가 인쇄되어 있었다. 더러는 양손으로 월척을 번쩍 들어 보였다. 그 그림은 잘못된 것이었다. 마을을 가로지르는 강엔 커다란 물고기가 살지 않았다. 축제 때에 맞춰 물길을 가두고 양식장에서 물고기를 풀었다. 그 어종은, 빛깔이 고우나 크기는 무척 작았다. 강물이 오염되어 더이상 자연서식이 불가능한 것들이었다. 까마득한 옛날엔, 바다로 나아갔던 물고기들이 자라 강 상류로 거슬러올라왔다고 했다. 그것은 이제 문헌에나 남아 있는 기록일 뿐이었으나, 군은 매년 그 장관을 조악하게나마 재현해 보였다. 물길을 막은 강에는 손에 쉽게 잡힐 만큼 많은 물고기들을 풀어놓았다. 물고기들이 좁은 물속에서 서로의 몸을 부비며 우왕좌왕하는 사이, 아이들은 자신이 북극곰이라도 되는 듯 크게 팔을 휘저으며 물속에 손을 꽂아넣을 것이었다.

22

봄 가뭄으로 수위가 낮아진 강에서 물비린내가 밀려왔다. 돌다
리 기둥에 달라붙은 물이끼들이 햇볕에 말라 죽어, 녹이 슨 듯 보
였다. 나는 이 푸르죽죽한 강물 속에 풀어놓을 일급수 민물고기들
을 떠올려보았다. 얕은 수심 때문에 흙바닥에 몸을 비벼댈 물고기
들을, 가라앉아 있던 진흙이 떠오르면서 진흙탕으로 변할 강물을,
물속으로 뛰어드는 수백 개의 맨발들을 떠올렸다. 축제기간 동안,
목숨이 끊어지자마자 부패가 시작된 물고기들에게서 나는 비린내
와 즉석에서 석쇠를 놓고 굽는 물고기의 탄내가 강 주변에 진동할
것이었다.

안의 어탁 일을 돕기 시작하면서, 밤마다 기를 찾아가던 발걸음
이 차츰 줄어들었다. 안은 밤을 새우며 일을 하는 경우가 많았다.
물고기의 부패는 어떤 식으로도 막을 수 없었다. 손이 더딘 안에
게 어탁은 시간과의 싸움이었다. 나는 물고기를 닦았다. 물고기들
은 죽는 순간부터 끊임없이 몸 안의 물들을 밖으로 흘려보냈다.
비늘 사이사이, 아가미 깊숙이 간직했던 강물, 수학여행을 떠나는

아이들처럼 설레며 잠시 맛보았던 근해, 내장 속 녹여놓은 먹잇감, 항문에 고인 분비물, 소량의 핏물이 뒤섞여 있었다. 물기를 닦고 나면 순간접착제로 항문을 막았다. 구멍은 어탁을 망치는 가장 쉬운 요소였다. 비늘이 모두 온전한지 꼼꼼히 살폈다. 종종 그물에 걸려 비늘이 빠지기도 했는데, 그럴 때에는 어탁을 하지 않는 반대편 어체에서 비슷한 크기의 비늘을 뽑아 접착제를 바른 후 끼워 넣었다. 작업은 해가 지고 뜨는 것과 무관하게 진행되었다. 일을 끝내면, 거실 소파에서 쪽잠을 잤다. 안은 해가 진 후 대문 밖으로 나서는 것을 허락하지 않았다. 아무리 손을 씻어도 생선 비린내가 가시지 않았다. 물기를 닦아낼수록 물고기는 생기를 잃어갔다. 나는 물고기 도살자가 된 기분이었다.

주인 여자의 눈치를 보며 트럭을 향해 과장되게 달려나가던 기의 모습이 스티커처럼 등에 달라붙어 떨어지지 않았다. 기에게 나의 상황을 설명해주어야겠다는 생각이 들었으나, 이내 그만두었다. 우리가 아무것도 약속하지 않았다는 사실이 떠올랐기 때문이었다. 내가 기를 찾아가건 가지 않건 정해진 것은 없으므로, 기에게 설명할 의무도 없었다.

나는 안의 집을 향해 천천히 발을 옮기며, 기와 함께했던 시간을 되짚어나갔다. 기의 첫인상, 때에 전 소매와 바짓단, 기가 공터에서 주워 건네던 녹슨 머리핀, 학교 운동장에서 바람 빠진 축구

공을 차던 기의 흐린 뒷모습, 달빛, 텁텁한 모래 냄새, 배가 터질 때까지 입안으로 밀어넣었던 군청의 도시락, 어둠이 담긴 헛간, 노부부의 사진, 죽은 새 따위를 떠올려보았다. 우리는 점심시간이면 여전히 식판을 주고받았지만, 어쩐지 오랫동안 만나지 못한 것 같은 기분이 들었다. 기억은 들춰내면 들춰낼수록 희미해지고 소박해져갔다. 비린내가 밴 손을 연방 바지에 대고 문질렀다. 냄새는 사라지지 않았다.

안의 옥수수밭은 무성했다. 키는 이 미터 가까이 자라 있었다. 단단한 열매가 제법 모습을 갖추어가고 있었다. 옥수수 줄기의 구부정하게 굽은 어깨가 안을 닮아 있었다. 그때, 옥수수밭 사이로 얼굴 하나가 불쑥 튀어나왔다. 나는 깜짝 놀라 뒷걸음질쳤다. 안이었다. 한쪽 볼에 붉은 물감을 묻힌 안은, 일요일 아침마다 보던 만화영화에 등장하는 인디언을 닮아 있었다. 옥수수 잎사귀가 머리칼인 듯 하늘로 솟구쳐, 가볍게 움직였다. 표정이 없는 안의 얼굴은 우스꽝스럽고 쓸쓸해 보였다.

23

생선 구워 먹을까.

안이 어탁을 끝낸 쏘가리를 가리키며 말했다. 나는 포악한 육식
동물의 모습을 한 쏘가리를 힐끔 보았다. 종일 만지작거린 민물고
기가 프라이팬 위에 올라가 있는 것을 생각하니 비위가 상했다.
내 일그러진 표정을 본 안이 가볍게 웃었다. 안의 장난이었다. 상
온에 장시간 놓아둔 생선은 어차피 먹을 수 없었다. 안의 농담은
늘 재미가 없었다.

안은 부엌으로 천천히 발을 옮겼다. 느린 걸음이 더욱 느려져
있었다. 오랫동안 의자에 앉아만 있어 무릎이 굳었다고 했다. 나는
종종 안의 몸이 나와 같은 성분들로 이루어져 있는지 의심스러울
때가 있었다. 안의 팔다리 뼈는 각목 두 개를 서툴게 이어놓은 것
처럼 부자연스럽고 뻣뻣했다. 연장처럼, 한동안 쓰지 않으면 금세
녹이 슬었다. 손가락의 상처는 더디게 아물었다. 안은 나이 탓이라
고 간단히 대답했다.

냉장고 야채칸에는 쓰고 남은 야채들이 정갈하게 정리되어 있었다. 잎채소와 버섯은 신문지로 감싼 후 비닐백에, 열매채소는 서로 맞닿는 부분이 없도록 하나씩 랩으로 싸놓았다. 안은 야채들을 모조리 꺼냈다. 나는 비닐백에 든 파와 느타리를 꺼냈다. 파프리카, 양파와 가지의 랩을 벗겨냈다. 안은 부엌 천장에 매달아둔 통마늘을 까고, 단호박을 반으로 갈랐다. 야채들이 빨리 상하는 것은 내부의 물기 때문이라고, 안은 말했다. 밖으로 빠져나온 물기가 야채 표면에 고여 무르게 만든다는 것이었다. 모든 살아 있던 것들의 부패를 지연시키는 일은 물기를 얼마나 완벽히 다루느냐에 달려 있었다.

안은 큼지막하게 자른 야채에 소금과 후추, 약간의 기름을 두르고 오븐에 넣어 굽기 시작했다. 야채를 굽는 동안 쌀을 안쳤다. 안은 요리할 때만은 시간을 허투루 쓰는 법이 없었다. 도리어 너무나 분주히 움직여 정신이 없을 정도였다. 나는 안의 부산스러움에, 떠밀리듯 부엌을 빠져나왔다. 한없이 느리게 움직이던 몇 분 전과 대조적인 모습이었다. 평소엔 온순한 아버지가 트럭 운전석에만 앉으면 육두문자를 남발하는 것과 비슷한 광경이었다.

우리는 밥 위에 구운 야채를 얹어 간단히 저녁을 해결했다. 안은 이럴 때, 한 끼 때웠다, 라는 표현을 썼다. 나는 때웠다, 는 말에서 소박함을 읽었다. 자연스럽게 기가 떠올랐다. 기는 군청에서 나누어준 도시락을 냉장고에 넣어두고 서랍에서 컵라면을 꺼내고

있을지도 몰랐다. 한 끼를 때운다는 표현은 기에게 적합한 문장일
것이었다.

옥수수밭이 울창해지면서 갈수록 입구가 좁아졌다. 그곳이 집으
로 들어갈 수 있는 유일한 통로라는 것을, 안을 잘 아는 사람이 아
니라면 눈치챌 수 없을 정도였다. 옥수수밭은 안이 부리는 쓸데없
는 고집 중의 하나였다. 쨍쨍했던 햇볕이 자취를 감춘 후에도 바
람에는 여전히 한낮의 미열이 남아 있었다. 이제 막 열린 옥수수
하나를 꺾었다. 갓 태어난 열매는 죽어가는 것과 그 생김새가 다
르지 않아, 볼품없이 작고 쭈글쭈글했다. 나는 옥수수를 이로 깨물
어보았다가, 이내 땅바닥에 내동댕이쳤다. 단단한 열매가 공중으
로 튀어올랐다. 열매는 지대가 약간 낮은 쪽으로 굴러가다가, 곧
멈췄다. 그곳에 낯익은 운동화 한 켤레가 보였다.
　기가 안의 집 앞에 서 있었다.

24

　며칠 사이 공터 주변은 깨끗이 정리되어 있었다. 담이 사라진 자리에, 기초공사가 시작된 듯 커다란 구덩이가 생겼다. 안내판도 세워졌다. 군청에서 세워놓은 표지판에는 '군립도서관 신축공사 현장'이라는 안내문구가 쓰여 있었다. 지하 일층, 지상 사층짜리 건물이었다. 집을 허물고 땅을 다지는 순간부터 골조공사를 거쳐 개장하기 전까지, 미완성의 건물은 들고양이나 노숙자, 항상 숨을 곳을 찾아다니는 소년 소녀들, 혹은 가난한 연인들에게 잠시나마 보금자리가 되어줄 것이었다. 어둠은 위아래의 농담을 달리해, 구덩이의 내부는 아득하게만 느껴졌다. 공사장 오른쪽 구석에 놓인 가로등이 유일하게 빛났다. 가로등은 서서히 가라앉는 먼지를 비추고 있었다.

　기와 나는 나란히 서서 구덩이를 내려다보고 있었다. 안의 집 앞에서 걸어오는 내내, 기는 아무 말도 하지 않고 있었다. 나는 따듯한 밤공기를 밀며 앞으로 나아가는 기의 운동화를 하염없이 바라보았다. 마음속에 모호한 감정들이 일어났다 스러졌다. 나는 그

것들을 한데 묶어버리기라도 하듯, 기의 운동화 끈에 집중하고 또 집중했다. 우리는 학교 쪽으로 발을 옮겼다. 달은 보이지 않았다.

기의 흥미를 끄는 것은 낡은 교사, 먼지가 풀풀 날리는 운동장, 구멍 난 축구 골대, 흉측스러운 동상 같은 것들이었다. 기는 그 새로울 것 없는 것을 더없이 새롭다는 듯 바라보곤 했다. 어쩌면 기는 학교를 다닌 적이 없을 수도 있었다. 기에게 학교는, 완벽히 미지의 장소인 듯했다.

학교에 들어선 기는 왕처럼 행동했다. 아줌마에게 뒤통수를 얻어맞으며 쥐죽은 듯 고개를 숙이고 있던 모습도, 양파를 까느라 눈물로 뒤범벅이 된 얼굴도, 이곳에선 없었다. 키가 오 센티미터 정도 더 커 보였다. 기는 우리의 모든 동선을 결정지었다. 전리품을 늘어놓듯, 자신의 손으로 만들어낸 것들을 보여주고 자랑했다. 하지만 이 학교의 선생이나 아이들 중, 수돗가 세숫대야 안에 둥둥 떠 있는 물오리나 축구 골대 옆에 심어놓은 당근 따위를 눈여겨볼 이는 아무도 없을 것이었다. 아무도 눈치채지 못하는 장난은 의미가 없었다. 그러나 기는 달랐다. 기는 자신이 서서히 학교 안에서 어떤 입지를 다져가고 있다고 믿었다. 그런 기의 행동은 또래의 남자아이들보다 훨씬 유치한 것이었다. 기는 어떤 면에서는 놀랍도록 어른스러웠고, 또 다른 쪽에선 완전히 아이 같았다.

나는 기가 지나치려는 기념식수 앞에서 발을 멈췄다. 그 아래 목이 비틀린 채 죽어 있던 새 한 마리가 떠올랐다. 나무 그림자가 더해져, 울타리 너머까지 시야가 닿질 않았다. 그러나 희미하게 질감이 다른 무언가가 있었다. 새의 시체가 썩은 것일까. 아이들이 버린 쓰레기봉지일까. 아니면 기가 다시금 무언가를 가져다놓은 것일까. 나는 장식용으로 둘러놓은 낮은 울타리를 넘었다. 내 그림자가 앞으로 쏟아졌다. 나는 옆으로 비켜섰다. 희미하게 달무리가 졌다.

죽은 고양이였다. 목이 비틀려 있었다. 손을 가져가보았다. 아직 온기가 남아 있었다. 등뒤로 기의 인기척이 느껴졌다. 뒤를 돌아보았다. 희미한 달빛이 기의 얼굴을 비췄다. 담담한 눈이 나를 바라보고 있었다.

다음번엔 저기 들어가려고.

기가 교사를 가리키며 말했다. 나는 고양이도, 교사도 보지 못한 듯 울타리를 넘었다. 기를 지나쳤다. 목과 등줄기를 따라 땀이 연신 흘러내렸다. 옷이 등에 달라붙어 있었다. 나는 등을 긁는 척, 젖은 옷을 떼어내었다.

25

장과 나는 학교 뒤편, 공사중인 신관 건물로 숨어들었다. 서둘러 짓고 있는 건물은 간소하고 조악했다. 우리는 한쪽에 쌓여 있는 시멘트 더미를 지나, 건물 안으로 들어섰다. 콘크리트 벽과 철골이 고스란히 드러나 보이는 건물은 인체 해부도 같았다. 장은, 그 쇠락한 동물의 내장 같은 곳에서 나에게 노래를 가르쳐주었다. 그러나 나는 음치였다.

그는 군청 민원실 직원이었다. 일반 민원 담당인 그의 주된 업무는 마을의 가로등 관리였다. 도시에서 대학을 졸업한 후 낙향했다. 군청에서 근무한 지 몇 해가 지났지만, 여전히 군청 직원 중 가장 젊은 축에 속했다. 그는 가로등 관리 이외에도 마을 사람들끼리 시비가 붙거나, 관에서 골머리를 앓는 일들에 투입되어 대신 뭇매를 맞기도 했다. 아파트의 현수막을 떼도록 권유하는 것도 그 중에 하나였다. 그가 길 한복판에서 아파트 주민에게 곤죽이 되도록 얻어맞은 사건은, 두고두고 마을 사람들 사이에서 이야깃거리가 되었다. 유니폼처럼 입고 다니던 흰색 줄무늬 반소매 셔츠와 감색 기지바지가 코피로 범벅이 되었다고 했다. 볼거리를 하듯 얼굴이 퉁퉁 부은 채 출근한 그에게, 군청은 축제 전까지 반드시 일을 마무리지으라며 책임을 떠넘겼다. 아파트 주민들의 강경한 태도로 보아, 그 일은 영원한 숙제로 남을 공산이 컸다. 도시에서 대학을 나와 낙향한 드문 젊은이였던 그의 일거수일투족이, 사람들 입에 수시로 오르내렸다.

그는 자전거로 마을을 순찰중이었다. 등 뒤에서 기를 부르는 목소리에 뒤를 돌아보자, 안전모에 달린 랜턴 불빛이 우리를 향해 달려들었다. 빛 뒤에 숨은 그의 얼굴을 알아볼 수는 없었지만, 기는 그 목소리가 익숙한 듯했다. 나긋나긋하고 밝은 음색이었다. 그가 계속 우리를 바라보고 있었기 때문에, 눈이 부셔도 빛을 피할 도리가 없었다. 나는 얼굴이 잔뜩 찌푸려졌다.

기, 도시락은 잘 챙겨 먹고 있니?
그는 이내 자전거를 우리 앞에 세우고는 안전모를 자전거 손잡이에 걸었다. 그제야 그의 얼굴이 어둠 속에 서서히 드러나 보였다. 그는 여전히 하얀 줄무늬 반소매 셔츠에 남색 기지바지 차림을 하고 있었다. 턱 주변에 멍이 채 가시지 않아 푸르스름했다. 옷은 새것인 듯 깨끗했다. 가까이서 그를 보기는 처음이었다. 그는 과장되리만큼 완벽한 표준어를 사용하고 있었다. 그러나 그 틀에 박힌 억양 때문에, 도시 사람이라면 누구나 그가 벽지에서 왔음을 어렵지 않게 눈치챌 수 있을 것이었다. 그는 나를 힐끗 보았다. 손에는 휴대용 손전등 하나가 들려 있었다. 그는 어둠에 익숙한 사람은 아니었다.

나는 내 눈을 의심했다. 기는 찌그러질 듯 눈을 접고 미소 지으며 연방 고개를 끄덕이고 있었다. 활짝 웃는 기의 얼굴이 꼭 구겨진 종이 같았다. 그가 부드럽게 미소 지으며 기의 머리를 두어 번 쓰다듬었다. 나는 기의 집에 쌓여 있는 옷가지들과 쌀, 밀가루 포대, 각종 컵라면과 도시락의 출처를 깨달았다. 그가 세워놓은 자전거로 돌아가, 안전모를 쓰고, 자전거에 오르려다 손전등을 떨어뜨리고, 쯧, 혀를 차는 소리와 함께 다시 자전거에 올라타 우리를 앞질러 지나갈 때까지, 나는 기의 얼굴을 바라보았다. 기는 그가 돌아서자마자 언제 그랬냐는 듯 무표정한 얼굴로 돌아왔다.

랜턴 불빛은 지는 별처럼 이내 반짝이다 사라졌다. 나는 여관으로 돌아와 안이 준 사전을 펼쳤다. 죽음과 살해, 두 단어를 찾아보았다. 죽은 새와 고양이의 주검, 죽음과 살해, 기의 일그러진 미소 따위가 밤새도록 머릿속을 맴돌아, 잠을 이룰 수 없었다.

26

　안의 집은 구조가 미묘하게 바뀌어 있었다. 작업대 의자 옆에 나
란히 놓여 있던 내 의자가 사라지고 없었다. 나는 쭈뼛쭈뼛 작업대
로 발을 옮겼다. 안은 문소리를 듣지 못한 듯, 몸을 웅크리고 있었
다. 발길이 뜸해, 화가 난 것인지도 몰랐다. 발소리가 가까워지자,
안은 이내 나를 향해 몸을 돌려 반대쪽 구석을 가리켜 보였다.

　안의 손가락이 가리키는 곳에, 빨간 탁자와 나무의자가 있었다.
ㄷ을 엎어놓은 모양의 탁자는 폭이 좁고 단단해 보였다. 여러 겹
의 합판을 덧댄 탁자는 마감이 반듯하고 빈틈없이 짜여 있었다.
밝은 빨강 페인트는 여러 차례 덧칠한 듯 나뭇결이 전혀 드러나
보이지 않았다. 나는 의자를 빼, 자리에 앉아보았다. 높이가 적당
했다. 안의 작업대는 상당히 높은 편이어서, 의자 위에 발을 올리
고 쭈그리고 앉아 작업해야 했었다. 다리에 쥐가 나 이리저리 자
세를 고치며 안절부절못했다.

　빨간색 책상은 채도가 낮은 거실의 가구 중에서 단연 눈에 띄었

다. 빛이 들지 않는 곳이라, 작은 할로겐램프를 놓았다. 균일한 양
으로 일정한 방향에서 내리쬐는 빛은 물고기 색을 나타내기 용이
할 것이었다. 책상 구석에는 내 손 크기에 맞춘 작은 연장과 수건,
아크릴판과 압축 스티로폼이 쌓여 있었다. 한가운데에 작은 붕어
한 마리가 있었다. 오른쪽에 놓인 수묵화용 붓과 물감 몇 가지, 물
감을 섞기 위한 그릇과 솜방망이가 담긴 티슈상자가 보였다. 나는
채색을 해본 적은 없었다. 고개를 들어 옆으로 다가온 안을 바라보
았다. 안은 말이 봇물처럼 터져나올 듯 입술을 들썩거리다, 이내 숨
을 골랐다. 코에 걸린 안의 돋보기에 뿌옇게 먼지가 앉아 있었다.

  죽은 지 얼마 안 된 붕어야. 지금의 색을 잘 기억해. 물기를 제
거하다보면 전체가 회색으로 변할 테니까. 여기, 배 가까이는 금
빛. 몸통도 굴곡에 따라 색이 다르지. 지느러미로 갈수록 어두워지
고. 눈은 그리지 말고 내버려둬. 네가 완성하는 것은 살아 있는 붕
어라는 것을 명심.

  저는 채색해본 적 없잖아요.

  그럼 계속 비늘이나 닦든지.

  안의 목소리가 금세 쌀쌀맞아졌다. 내가 자세를 고쳐앉자, 안은
자기 자리로 돌아가버렸다. 작업대를 손바닥으로 쓸어보았다. 작

은 흠 하나 없었다. 수건 위의 붕어는 아가미에서 흘러나온 물과 점액으로 표면이 반질거렸다. 붕어는 십오 센티미터 정도 크기였다. 죽은 고양이가 떠올랐다. 죽은 새와 고양이, 물고기가 한데 겹쳐 보여, 속이 울렁거렸다. 붕어를 똑바로 바라볼 수 없어, 눈을 감고 있는 동안, 뒤통수로 안의 시선이 느껴졌다.

나는 크게 심호흡을 한 뒤, 붕어의 물기를 닦기 시작했다. 먼지를 허옇게 뒤집어쓴 안의 머리칼이 불쑥 떠올랐다. 안에게 고마운 마음을 전하지 않은 것을 깨달았을 때에는, 이미 말을 꺼내기가 새삼스러워, 별도리가 없었다.

나는 장이 좋아질수록, 장이 죽을지도 모른다는 공포에 시달렸다. 꿈속의 장은 공사장에서 발을 헛디뎌 추락했다. 함께 무너져내린 철골 구조물이 장의 얼굴에 박혔다. 나는 쇠파이프가 박힌 장의 얼굴을 내려다보고 있었다. 장의 이름을 불러댔다. 평온한 듯 입꼬리가 올라간 뭉개진 얼굴이, 깨어난 후에도 형형히 떠올랐다.

27

어탁은 크게 직접법과 간접법으로 나뉘었다. 직접어탁은 어체에 직접 먹물이나 물감을 발라 한지로 찍어내는 방법이었다. 주로 선이 굵고 힘이 넘치도록 어체를 표현할 때 쓰였다. 투박한 생생함이 있었다. 자연스럽게 번진 먹 때문에 경계가 흐려진 물고기는, 물속에서 일렁이는 듯 보였다. 기록용으로 쓰였던 본래의 용도에 충실했다. 간접어탁은 어체에 한지를 씌운 후 그 위에 색을 입히는 것을 말했다. 조색을 마친 물감을 솜방망이에 묻힌 후, 아주 엷게 수십 번 덧발랐다. 색의 경계가 지지 않아야 했다. 긴 시간과 인내심이 필요한 작업이었으나, 섬세한 무늬를 표현하기 좋았다. 간접어탁은 그 과정과 마찬가지로, 부드럽고 고요한 인상을 남겼다. 의뢰인들은 보통 한 마리의 물고기로 두 가지 작업을 모두 해주길 원했다. 간접어탁을 끝내면, 안은 곧바로 묵탁본을 떴다. 묵이 스며든 어체는 돌덩어리 같은 무게감이 생겼다. 쓰임이 끝난 물고기는 버려졌다.

물기를 제거한 어체 위에 화선지를 씌웠다. 분무기로 물을 뿌려, 종이가 표면에 달라붙게 했다. 스펀지를 적당한 크기로 잘랐다. 종이가 적당한 양의 물기를 머금고 있어야 했다. 물기가 많으면 색이 번지고, 물기가 적으면 색이 입혀지지 않는다고 안은 말했다. 적당함이란, 얼핏 모호하고 두루뭉술해 보이는 어감과는 달리, 그 기준이 무척 까다로웠고 결과가 명확히 드러났다. 그것은 누가 가르쳐주거나 배울 수 있는 것이 아니었다. 나는 스펀지로 젖은 종이를 두드리기 시작했다.

나는 기를 피해 다녔다. 사흘째가 되었을 때, 기가 식판을 들고 방문을 두드렸다. 문을 열자, 기는 기다렸다는 듯 방 안으로 들어왔다. 기의 발가락은 옹이가 박인 듯 마디가 굵었다. 길이가 거의 비슷해, 오리 갈퀴를 떠올리게 했다. 뒤꿈치와 발 날을 따라 일어난 각질에 때가 끼어 있었다. 식판에서 희미하게 김이 올라왔다. 음식이 식어가고 있었다. 나는 창가에 붙여놓았던 탁자를 떼어냈다. 탁자를 침대 가까이 가져다놓을 동안, 기는 멀뚱히 서 있었다. 나는 침대를 의자 삼아 앉고, 기가 앉을 수 있도록 맞은편에 의자를 놓아주었다.

국그릇엔 고기 기름과 고춧가루가 둥둥 떠 있었다. 얇게 썰어넣은 무조각 몇 개가 가라앉아 있었다. 나는 밥공기를 들어 통째로 국에 말아서는, 부러 그러듯, 쩝쩝거리며 입안에 퍼넣었다. 식은 고깃국은 목구멍으로 쉽사리 넘어가지 않았다.

너 웃는 거 처음 봤어. 무섭더라.

나는 입을 틀어막기라도 하려는 듯 커다란 깍두기를 통째로 집어넣은 채 이리저리 턱을 움직이며 기를 향해 쏘아붙였다. 아무일 없었다는 듯한 기의 태도가 꺼림칙했다. 기는 나를 바라보며 낮게 말했다.

학교에 들어가려면 보호자가 필요해.

보호자라는 단어에 안의 산발한 반백의 머리칼이 불현듯 떠올랐다. 창문으로 끊임없이 햇빛이 쏟아져들어와, 텔레비전 화면 위에 반사되었다. 만화영화 주제곡이 흘러나왔다. 화면 속에선 수백만 개의 금화가 쌓인 창고에서 헤엄치듯 날개를 허우적거리는 오리들이 빛의 경계를 따라 나타났다 사라졌다.

물감을 종지에 짰다. 습도가 높아, 화선지가 마르는 데 시간이 꽤 걸렸다. 다소 가벼운 파란색은, 화선지 위에 대는 순간 새파랗게 질린 낯빛처럼 희미하고 어둡게 떠오를 것이었다. 솜방망이에 물감을 살짝 묻힌 후, 휴지에 대고 가볍게 두드렸다. 솜이 물감을 먹는 데에는 시간이 필요했다. 멀찍이 떨어진 안에게서도, 툭툭, 두드리는 소리가 들려왔다. 우리는 서로 등을 돌리고 있었으나 곁에 있는 듯 가깝게 느껴졌다.

구름은 입에 잔뜩 물을 머금은 어린아이의 볼처럼 크게 부풀어 출렁거렸다. 곧 비가 내릴 것이었다.

기는 얼마 후 진짜 학교에 들어갔다.

28

기는 무엇이 되고 싶었던 것일까. 학교에서, 무엇을 확인하고 싶었던 것일까.

기는 한동안 브라운관에서 눈을 떼지 못했다. 화면 속에선 세일러복을 입은 오리들이 경비행기를 타고 밀림 상공을 가로질렀다. 뒤편에 있는 텔레비전을 보느라, 기는 목이 돌아갈 지경이었다. 불이 붙은 경비행기에서 탈출한 오리들이 늪지대로 추락했다. 악어떼가 수면 위로 올라와 아가리를 한껏 벌렸다. 기는 흥미롭다는 듯 눈을 커다랗게 떴다. 무엇인가 말하려는 듯 입을 오물거리다, 갑자기 꾹 닫았다. 눈동자가 일순 경직되는 것을, 나는 놓치지 않았다.

너는 어디서 태어났어?

기는 화면에서 눈을 떼지 않았다. 늪지대를 탈출한 오리들은 이윽고 수풀이 우거진 밀림을 헤치며 앞으로 나아갔다. 만화영화는 거대한 그림자가 그들을 덮치며 끝이 났다. 일순 화면이 바뀌어 광고가 이어지는 것을 멍하니 바라보던 기는, 아쉽다는 듯 자신의 무릎을 가볍게 쳤다. 다음 이야기를 알기 위해선 일주일을 기다려야 할 것이었다. 나는 이 오래된 이야기의 끝을 알고 있었다. 오리들은 시시각각 다가오는 죽음의 위협으로부터 살아남아, 더는 가고 싶은 곳도 갖고 싶은 것도 없게 되었을 때, 자연사할 것이었다.

비가 며칠째 계속되었다. 밤새 내리다 해가 뜨는 것과 동시에 서서히 그치기를 반복했다. 마을 여자들이 날이 갠 것을 확인하고 젖은 빨래를 들고 마당으로 나서면, 언제 그랬냐는 듯 다시 쏟아졌다. 비는, 죽을 듯 죽지 않는 이야기 속 주인공인 듯 목숨줄이 질겼다. 비 때문에 초여름 습도가 올해 최고치에 이르렀다. 욕실 수건걸이에 걸어놓은 속옷들이 마르기도 전에 시큼한 냄새를 풍겼다. 할 수 없이 다시 걷어 세면대에 집어넣고 물을 틀었다. 목덜미에 머리카락이 달라붙어 떨어지지 않았다. 땀은 민물고기의 비늘에서 흘러나오는 점액처럼 끈끈했다. 나는 찬물로 씻고 또 씻었다. 피부가 벌게질 때까지 닦아내기를 멈추지 않았다. 갈아입을 옷이 없다는 것을 깨달은 후에야 나는 씻기를 그만두었다.

얼마 후, 나는 두 개의 장면을 목격했다.
아파트 옥상에 한 남자가 있었다. 그는 아파트 벽에 걸린 현수막의 밧줄을 풀어내는 중이었다. 비에 젖은 현수막이 벽에 달라붙어, 밧줄을 풀어내도 떨어지지 않았다. 그는 난간에 바짝 다리를 붙여 곧 고꾸라질 듯 몸을 숙이고는, 현수막을 떼어내느라 안간힘을 쓰고 있었다. 멀리 있어 얼굴을 알아볼 수는 없었으나, 누구인지 짐작하기 어렵지는 않았다. 군청 직원이었다. 입주민들을 설득하기가 쉽지 않자, 일단 몰래 현수막을 떼어내고 시간을 벌어보려는 심산인 듯했다. 현수막은 이윽고 바나나 껍질처럼 서서히 떨어져나갔다. 절반 정도가 벗겨지고 나자, 젖은 휴지처럼 구겨진 채 외벽에 달라붙었다. 그는 재빨리 옥상에서 사라졌다.

기는 달리고 있었다. 재활용센터에서 얻은 교복은 기의 몸보다 훨씬 커, 왜소한 체구가 더욱 작아 보였다. 기는 다리를 향해 있는 힘껏 달렸다. 하얀 반소매 상의와 감색 교복 바지가 제멋대로 나풀거렸다. 구청 직원의 유니폼과 비슷한 모양의 교복을 입은 기는, 다른 사람이 된 것처럼 낯설었다. 등에 멘 가방이 정수리에 닿을 듯 위아래로 격렬하게 출렁이며 교복 바지를 끊임없이 밀어내고 있었다. 물을 먹은 바지는 무게 때문에 점점 아래로 처졌다.

달리는 기의 발 가까이 돌멩이 하나가 떨어졌다. 기는 한 손으로 바지를 추스르며 뒤를 돌아보았다. 곧 총을 난사하듯, 자갈들이 기를 향해 쏟아지기 시작했다. 한 무리의 아이들이 뒤를 쫓고 있었다. 머릿속이 훤히 드러나 보이도록 머리를 짧게 깎은 사내아이들이 기를 향해 욕을 퍼부었다. 모두 기보다 체구가 작았다. 기는 숨을 고른 후 다시 달리기 시작했다. 쉼없이 무언가를 중얼거렸다.
내가 곁을 지나치는 것을, 기는 알아채지 못했다.

그리고 장마가 시작되었다.

29

기는 무엇이 되고 싶었던 것일까. 학교에서, 무엇을 확인하고 싶었던 것일까.

어른이 된다는 건, 하고 싶은 것과 할 수 있는 것을 엄격하게 구별할 수 있는 데서부터 출발한다고 했다. 전자에서 후자로 흐르는 삶, 자신이 만들 수 있는 가장 크고 아름다운 울타리를 만들고 그 안에 들어가 자족하는 삶, 안은 그런 삶을 꾸릴 때야 비로소 어른이 되는 것이라고 말했다. 그 말에 따르면, 기는 한낱 어린아이에 불과했다. 기는 자기 자신조차 잊고 있는 것 같았다. 내가 기에게서 뒤늦게 발견한 놀라울 정도의 유치함은, 거기서 비롯된 것이었다. 안의 말은 늘 옳았다.

안의 집 현관을 열자, 입구에 러그가 깔려 있었다. 방문자들의 젖은 바짓단이 집 안을 더럽힐까 신경쓰인 모양이었다. 러그 위에 올라서자, 단단한 바닥이 느껴지지 않을 만큼 푹신했다. 러그는 현관 입구를 모두 덮을 만큼 컸다. 발바닥을 문질러 닦았으나, 반바지 끝단에서 끊임없이 떨어지는 물이 종아리를 타고 발등으로 흘러내렸다. 발만 닦는 것으론 역부족이었다. 나는 욕실로 가기 위해 발뒤꿈치를 들고 러그에서 발을 떼었다. 그때 재빨리 안이 내 곁으로 다가왔다. 손에는 물고기를 닦던 수건이 들려 있었다.

안은 수건을 펼쳐, 젖은 바짓단을 감싸고 빨래처럼 쥐어짰다. 봄 가뭄 뒤에 내린 비는 흙탕물이나 다름없었다. 대기를 떠돌던 먼지들, 꽃가루의 잔재들, 겨우내 녹았다 얼기를 반복한 땅에서 올라오는 오래 묵은 흙먼지들이 빗물에 뒤섞여 있었다. 안은 허벅지와 무릎, 종아리를 차례대로 닦아냈다. 자유로운 다른 한쪽 손으로는 반대쪽 종아리를 잡고 중심을 잡았다. 안의 손은 크고 따뜻했다. 수건에서 끊임없이 비린내가 올라왔다. 비린내는 안의 손을 거친 모든 곳에 완강히 달라붙어, 내 것인 듯 느껴지기까지 했다. 나는 작업대 위에 놓인 한 마리 붕어가 된 것만 같았다. 내 몸 안에 물을 생산하는 기관이 있어, 땀구멍으로 끊임없이 물을 배출시키기라도 하듯, 안은 닦고 또 닦았다.

안의 손길이 내 발등으로 옮겨갈 때, 나는 둥글게 말린 그의 등과 목덜미를 보았다. 안의 신체는 기의 것과는 전혀 달랐다. 기보다 머리 하나는 더 큰 그 몸은 어른의 것이었고, 안의 말에 따르면, 이미 죽음을 향해 발을 내딛고, 쇠락해가고 있었다. 나는 일전에 보았던 옥수수들을 떠올렸다. 갓 태어난 열매와 이내 저물어가는 열매의 모양새가 닮아 있듯, 늙은 안과 미숙한 기의 육체는 동일한 감정을 불러일으켰다. 동정심이었다. 나는 습기를 잔뜩 머금어, 공중으로 풀풀 날리는 안의 머리칼에 가만히 손을 대어보았다.

그즈음, 마을에는 소문 하나가 퍼지고 있었다. 밤마다 학교 운동장을 뛰어다니는 사내아이에 관한 것이었다. 으레 그렇듯 그것은 귀신으로 여겨졌고, 소문은 그에 맞게 각색되었다. 아이는 얼굴이 없거나, 발목이 잘려 공중을 낮게 떠다녔다. 운동장 구석에서 주인 없는 개나 고양이, 새의 목을 비틀었다.

마을 사람들은 몇 해 전 익사한 십사 세 소년에 대한 기억을 다시금 들춰냈다. 살아생전 소년의 난폭했던 성정, 왕따를 당했던 과거를 끄집어내, 소문의 귀신과 끼워맞췄다. 소문의 주인공이 누구인지 짐작하는 것은 어렵지 않았다. 기였다. 어차피 기는 유령 같은 존재였으므로, 소문이 허황한 것만은 아니었다. 기에게는 자신을 증명해줄 만한 것이 아무것도 없었다. 누군가에 의해 임시로 주어진 이름, 운 좋게 얻은 집, 조금은 벅찬 일자리, 이것이 기가 가진 전부였다. 기는 어른이 아니었음에도, 자기 자신 외에는 아무것도, 아무도 곁에 없었다.

30

안의 돋보기안경은 늙은 나귀 같았다. 혹사당한 나귀가 외양간 구석에 몸을 누이듯, 안경은 작업대와 벽 사이에 금방이라도 떨어질 듯 아슬아슬하게 걸려 있었다. 안이 옷을 가지러 방에 들어간 사이, 나는 안경다리를 잡고 조심스레 들어 불빛에 대보았다. 불빛 아래, 안경알에 난 무수한 생채기들이 드러났다. 얇은 금테를 따라 유리알의 중심을 향해 곰팡이가 차근차근 쌓여가고 있었다. 안경테 모서리의 금박이 죄다 벗겨져 있었다. 안경을 한 손으로 쓰고 벗는 안의 습관 때문인지 중심이 오른쪽으로 살짝 기울어져 있었다. 왼쪽 안경다리가 오른쪽보다 더 넓게 벌어졌다. 안의 관자놀이께에 번진 습진의 원인은 안경다리 안쪽의 녹 때문인 듯했다. 안경알에 입김을 불어 안경닦이로 닦아내어보았지만, 생채기 틈에 낀 먼지와 기름때는 사라지지 않았다.

기의 이름은 학적부에 없었다. 수업을 받는 것은 어디까지나 참관일 뿐이었다. 방학이 채 보름도 남지 않은 상황에서, 보호자도 증명서도 없는 기의 입학은 실질적으로 불가능했다. 기의 참관수

업은 방학 직전의 이벤트 같은 것이었다. 그 반쪽자리 학교 입성을 도운 사람은 군청 직원이었다. 그는 기에게 백지를 주며, 이름을 써보라고 했다. 종이 한가운데 점을 찍듯 작게 써넣은 그 이름으로, 그는 기에게 합격점을 주었다. 기는 군청 직원의 대학 동창이 담임을 맡고 있는 반으로 들어갔다. 군청 직원이 직접 창고에서 책상과 의자를 가져다 맨 뒷자리에 놓아주었다. 그는 열성적이고 긍정적인 사람이었지만, 하는 일들은 대체로 임시방편에 불과했다.

기는 천성이 순하고 고분고분했다. 반 아이들의 삼분지 이는 기보다 작았다. 기가 등교한 첫날, 기말고사가 시작되었다. 기는 시험시간 내내 멀뚱히 앉아 있어야 했다. 일주일의 시험기간 동안담임을 제외한 어떤 교사도 기의 존재를 알아채지 못했다. 출석부에 없는 기의 이름은 단 한 번도 불린 적이 없었다. 밤이나 낮이나, 기의 존재는 유령과 같았다.

기는 자신의 존재를 공식적으로 인정받길 원했는지도 몰랐다. 어쩌면, 입학을 빌미로 더이상 여관에 출근하지 않길 바란 것인지도, 여관 잡부로 자라나는 자신의 미래가 암담했을 수도 있었다. 나는 어째서 기가 학교에 집착하는지 알지 못했다.

기의 존재감은 다른 곳에서 발현되었다.

반 아이들이 기를 눈엣가시처럼 여기기 시작했다. 아이들은 시험이 뜻대로 풀리지 않는 원인을 급작스레 등장한 기에게 돌렸다. 목덜미를 덮는 긴 머리카락에, 몸통을 제멋대로 돌아다니는 커다란 교복 셔츠를 입은 기를 우습게 여겼다. 기보다 머리 하나는 작은 사내아이들도 기를 겁내지 않았다. 기는 매일 사소한 공격을 받았다. 아이들은 의자를 넘어뜨리거나, 급작스럽게 뒤통수를 때렸다. 목덜미의 벌어진 옷깃 사이로 찬물을 붓기도 했다. 기는 수세에 몰린 짐승처럼 예민해져갔다. 기가 원했던 학교생활은 아니었을 것이다.

기는 TV에서 보았던 소년병처럼, 자신을 무장시켜나가기 시작했다. 더이상 여관에 나타나지 않았다.

나는 창문을 향해 몸을 던지는 빗방울들을 바라보며, 기를 향해 날아오던 돌멩이들, 미세하게 일그러진 기의 눈동자와 쉴새없이 중얼거리던 입술을 떠올렸다. 젖은 몸이 마르며 오한이 일었다. 옷을 챙겨 나오는 안이 보였다. 나는 욕실로 발을 옮겼다. 젖은 옷을 벗고, 몸을 따듯하게 데우고, 비린내를 없앨 수 있었다. 이상하게도 나는 기의 불행한 학교생활에 마음이 놓였다.

31

　장의 첫사랑은 그녀의 독서지도 선생님이었다. 열 살 무렵이었
다.

　그의 얼굴은 도라지나물처럼 허옇고 길었다. 가느다란 갈색 머
리칼이 이마에 달라붙어 떨어지지 않았다. 숱이 적어 머릿속이 훤
히 들여다보였다. 마르고 키가 작았던 그는, 언제나 자신의 몸통보
다 커다란 배낭을 메고 다녔다. 대학원생이던 그의 배낭 속엔 몇
권의 전공서적과 노트 들, 장의 독서수업을 위해 준비한, 장의 수
준을 훨씬 넘어서는 세계명작선집들이 들어 있었다. 장은 그의 이
름을 알지 못했다. 그는 매일 장의 집을 찾았다. 일요일엔 오지 않
았다.

　그는 늘 주눅이 든 장에게 아주 작은 일에도 칭찬을 아끼지 않
았다. 교과서의 서체를 그대로 따라 쓴 장의 글씨를 보았을 때에
도, 머리를 지나치게 세게 묶어 눈이 찢어질 것처럼 보였을 때에
도 예쁘다고 말해주었다. 장은 예쁘다, 는 칭찬을 처음 들었다.

장은 책을 읽는 그의 모습에 반했다. 미련, 번민, 증오, 욕망 따위의 이해할 수 없는 단어들, 한마디로 설명되지 않는 복잡한 관계의 인물들이 등장하는 이야기는, 장에게 외국어나 다름없었다. 장에게 그의 목소리는 이국의 언어로 부르는 노래 같았다. 그의 목소리는 매일 삼십 분가량 이어졌다. 노래는 짧고도 길었다. 그 목소리는 다음날 그가 다시 문을 두드릴 때까지 장의 귓가를 맴돌았다. 책을 읽을 때의 그는 완전무결했다. 일요일이 오면, 장은 어서 하루가 지나가기만을 바랐다. 장은 침대에 누워 창문으로 들이치는 한낮의 햇빛을 손바닥으로 더듬으며 차츰 귓가에서 멀어져가는 그의 목소리를 되짚었다. 장은, 그렇게 고독을 배웠다.

장은 그에게 수영장에 가고 싶다고 말했다.
장은 수영교실에서 수영을 가장 잘하는 아이였다.

그는 수영복 위에 얇은 면티를 걸치고 있었다. 그는 책을 든 채 수영장을 따라 길게 놓인 벤치에 앉았다. 장은 아무래도 상관없었다. 그에게 수영실력을 보여주고 싶었다. 장은 그를 향해 양손을 높이 들어 보인 후, 입수했다. 일렁이는 물결이 장의 몸에 부드럽게 닿았다. 장은 곧 수면 위로 몸을 띄우고, 서서히 앞으로 나아갔다. 물 밖으로 얼굴을 내밀 때마다, 소음들이 귓가를 때렸다. 물속은 고요했다.

어린이용 라인의 종반부쯤 다다랐을 때였다. 누군가가 발로 장을 세게 밀쳤다. 장의 몸이 출렁이며 뒤로 크게 밀려났다. 당황한 장이 일어서기 위해 바닥을 더듬었으나 발은 물속을 허우적댈 뿐, 바닥에 닿지 않았다. 장은 어느새 어른용 라인으로 떠밀려가 있었다. 당황한 장은 팔을 휘저었다. 그간 배워온 수영법은 모두 잊었다. 수면 위로 얼굴을 내밀 때마다, 입과 코로 공기 대신 물이 들어왔다. 누군가가 발을 아래로 잡아당기는 것만 같았다. 장은 죽음의 공포를 느꼈다. 있는 힘을 다해 물 밖으로 간신히 머리를 내밀었을 때, 선생님이 수영장 가장자리에 서서 허우적대는 자신을 멀뚱히 바라보고 있는 것을, 장은 보았다. 그 손에는 여전히 책이 들려 있었다. 장을 구한 것은 반대편에서 아이들을 지도하던 수영 강사였다. 장은 선생님의 무력한 눈빛을 오랫동안 잊지 못했다.

장은, 다시는 물에 들어가지 않았다. 책 읽기를 거부했다.

장은 그후, 좋아하는 사람이 생길 때마다, 그 사람이 익사하는 장면을 떠올렸다. 고통스럽지만, 상상하는 것을 멈출 수도 없다고, 장은 나에게 말했다.

32

마을은 짙은 안개에 둘러싸여 있었다. 먹물이 화선지의 결을 타고 사방으로 뻗어나가듯, 안개는 서서히 몸체를 불려 사물의 경계를 흐렸다. 땅이 잘 보이지 않아, 구름 위를 걷는 기분이었다. 물방울들이 머리카락과 눈썹 위에 내려앉았다. 양쪽 볼을 적셨다. 무성하게 자란 여름풀들이 안개에 가려 보이지 않았다. 여름은 소란스러운 계절이었다. 땅을 뚫을 듯 거세게 쏟아지던 비가 그치자, 안개가 그 자리를 대신했다. 짙은 안개 뒤에 몸을 숨긴 나무와 풀은, 장마가 지남과 동시에 앞가슴을 잔뜩 내민 비둘기처럼 기세등등하게 제 잎사귀들을 볕 아래 널어놓을 것이었다. 수풀은 우거지고 녹음이 질 것이었다.

도서관 공사는 연일 지속되는 비 때문에 중단된 상태였다. 이제막 뼈대를 갖추기 시작한 건물은, 일렁이는 안개 때문에 공중에살짝 떠 있는 듯 보였다. 젖은 골조는 포식자에게 살점을 뜯긴 누의 훤히 드러난 갈비뼈처럼, 가엾고도 섬뜩했다. 무른 땅 곳곳에크고 작은 웅덩이가 생겨났다. 고인 빗물에서 끊임없이 물비린내가 올라왔다. 학교에 들어간 기는 이제 모습을 드러내지 않았지만, 나는 때때로 이곳을 찾았다. 함께 바라보았던 풍경을 다시금 두 눈에 새겼다. 기가 없는 이곳은 평범한 공사장에 불과했다. 어둠의 비범함도, 짓다 만 건물이 주는 비밀스러움도 사라지고 없었다. 나는 불행한 듯 보이는 기의 모습에 안도했다. 패잔병이 된 기가 다시 이곳으로 돌아오기를 바랐다.

안개 속에서 희미하게 발광하는 여관 간판의 불빛은 네온사인을 두른 교회의 붉은 십자가인 양 밤길을 인도하고 있었다. 공사장을 빠져나와 다리를 향해 걸으며, 나는 오라고, 오라고 멀리서 손짓하는 간판의 따스한 불빛과 방문을 열자마자 온몸을 덮쳐올 차가운 공기와의 간극에 대해 생각했다. 불빛은 어떤 기대를 갖게 했다. 아버지가 돌아와 방을 온기로 데우고 있기라도 하는 듯, 식당 구석에 앉아, 매운 고기 안주를 늘어놓고는 술잔에 술을 따르며 벌게진 얼굴로 나를 반기기라도 할 듯, 발걸음을 재촉하게 했다. 눈앞에 선연히 그려지는 그 풍경은, 그러나 한낱 환영에 불과한 것임을 나는 여러 번의 실망 끝에 깨달았다. 나는 때때로 아버지에 대한 그리움이 애정에서 비롯된 것인지, 단지 아버지가 부재하기 때문인지 의문이 들곤 했다. 빈자리는 본래의 것보다 크게 느껴지는 법이라고, 안은 여관에 홀로 남겨진 내 등을 토닥이며 말했었다. 머릿속에서 멋대로 재단되고 부풀려진 아버지는, 영원히 오지 않을 것이었다.

강변엔 물안개가 자욱했다. 수백 개의 흰 손을 가진 물안개는 난간을 붙잡고 끊임없이 다리 위로 기어올랐다. 강물로 몸을 던진 사람들, 물살에 휩쓸려 익사한 어린아이들의 이야기가 떠올라, 귓가를 간질였다. 나는 문득 안개가 지겨워졌다. 안의 집에서 가까스로 말린 옷이 다시 축축해져 있었다. 머리칼이 자꾸만 입가에 달라붙었다.

여관 입구 전봇대 주변에 오십 리터짜리 쓰레기봉지가 쌓여 있었다. 수거날인 듯했다. 나란히 놓인 식당 잔반통에서 쉰내가 올라왔다. 잔반은 새벽이나 되어야 치워질 것이었다. 악취를 피해 도망치듯 여관으로 들어서는데, 쓰레기봉지와 비슷한 크기의 그림자가 눈에 띄었다. 가까이 다가가자, 젖은 몸을 잔뜩 웅크리고 있는 소년이 있었다. 기였다.

33

그러나 장은 물을 상상하는 것을 좋아했다. 종종 물에 관한 노래를 불렀다. 끊임없이, 좋아하는 사람을 물속에 빠뜨리고 푸르게 질식해가는 상상을 했다. 장이 나에게 그려준 초상화는 최상의 애정표현인 셈이었다. 나는 그것을 기쁘게 받아들였다. 장은 병자였지만, 아무 이유 없이 장이 죽을까 전전긍긍하는 나도 다를 바 없었다.

여관방으로 데려오자마자, 기는 오들오들 떨기 시작했다. 젖었던 머리가 엉킨 채로 말라, 머리통에 달라붙어 있었다. 기에게 수건과 내 옷가지를 건넸다. 기는 뒤돌아서서 교복 셔츠를 벗었다. 머리카락 사이로 툭 튀어나온 목뼈가 보였다. 앙상한 등줄기가 여실히 드러났다. 팔을 움직일 때마다, 날갯죽지가 덜컹거렸다. 바지는 갈아입지 않았다. 내가 바지를 재차 내밀자, 기가 완강히 고개를 저었다. 나는 교복 상의를 침대 위에 펴두고, 헤어드라이어로 말리기 시작했다. 침대 밑에 구겨져 있는 기의 모습은 한없이 초라했다. 나는 다소 비아냥거리듯 물었다.

재미있니?

……응.

장의 고백을 들은 후, 나는 자연스레 장이 익사하는 꿈을 꾸었다. 장은 동네 스포츠센터의 수영장에 둥둥 떠올라 있었다. 장은 다 자란 얼굴과는 달리, 몸은 열 살의 여자아이 같았다. 나는 가느다란 팔다리의 장을 본 일이 없었다. 일 미터 오십 센티미터 남짓의 수영장 안전선에 걸린 장의 푸른 얼굴이 밤새 내 눈앞에서 사라지지 않았다.

꿈에서 깨어난 후, 나는 왈칵 눈물을 쏟았다. 가슴 깊은 곳에서부터 밀려나오는 울음은 막을 도리가 없었다. 왜 우는지 스스로도 알지 못한 채, 등 떠밀리듯, 다른 사람에게 잠시 몸을 빌려주기라도 한 것인 양 당혹감을 감추지 못하면서도, 울음을 멈출 수가 없었다. 갑자기 울음과 함께 찌를 듯한 통증이 밀려오기 시작했다. 눈을 뜨기 어려웠다. 정신이 아득해졌다. 나는 눈물을 닦으려 손을 눈두덩으로 가져갔다.

나는 비로소 고통과 비명의 원인을 알 수 있었다. 눈과 볼 주변에는 눈물 대신 돌처럼 작고 단단한 알갱이들이, 바위에 달라붙은 고둥처럼 덕지덕지 붙어 있었다. 잡아떼자, 피부가 떨어져나갈 듯했다. 눈은 끊임없이 돌눈물을 만들어내었다. 눈 주위에서 밀려나

온 돌들이 볼과 턱 주위에 끈적끈적하게 달라붙었다. 돌눈물은 공
포 속에서 태어났다.

34

기는 이미 사라지고 없었다. 방 안엔 기의 체취만이 남아 있었다. 여관 일을 그만둔 기에게서는 이제 양파 냄새가 나지 않았다. 젖은 흙냄새, 풀 비린내, 퀴퀴한 땀냄새가 그 냄새를 대신했다. 어째서 학교에 다니는 기에게서 흙냄새와 풀 비린내가 진동하는지 의문스러웠다. 기가 가방을 베고 누웠던 침대 아래 바닥에는 흙탕물이 말라붙어 있었다. 마른 흙이 물이 고였던 흔적을 따라 긴 줄기를 만들고 있었다. 발바닥에 까끌까끌한 감촉이 닿았다. 침대 밑에 둘둘 말아놓은 티셔츠가 보였다. 티셔츠의 양 끝을 잡고 탈탈 털어보았다. 하룻밤을 입었을 뿐인데, 모래알갱이가 우수수 떨어졌다. 먼지가 풀풀 날렸다. 옷은 가물어 쩍쩍 갈라진 땅처럼 온통 구김이 가 있었다. 면 티셔츠조차 빳빳이 다려 입는 안이 떠올랐다. 안과 기가 만난다면 어떨까. 결벽이 심한 안의 일그러진 얼굴이 문득 궁금해졌다.

창문을 열었다. 방 안의 먼지와 퀴퀴한 냄새 때문에, 금세 눈이 간질거렸다. 안개는 잦아들었으나 날은 여전히 흐렸다. 구름은 금

110

방이라도 산봉우리에 닿을 듯 낮고 느리게 움직였다. 날이 개는지 서서히 산 너머가 밝아오고 있었다. 저 햇빛이 이 마을까지 닿을지, 알 수 없었다. 전봇대와 담벼락마다 줄지어 붙여놓았던 축제 포스터가 비에 젖어 너덜거렸다. 대어를 높이 치켜들며 웃던 아이들의 얼굴도 모두 일그러지거나 찢겨나갔다. 아파트의 현수막은 깨끗이 철거되어 있었다. 갈라진 외벽과 벗겨진 쥐색 페인트가 적나라하게 드러났다. 금방이라도 무너질 듯한 아파트는, 임종 직전의 노인처럼 노쇠하고 무기력해 보였다. 그러나 한편으로는 이를 꽉 문 채 독기를 잔뜩 머금은 듯 음산한 기운을 내뿜기도 했다. 현수막이 몰래 철거되었다는 사실을 알게 된 주민들이 가만히 당하고 있을 리 없었다. 축제는 점점 다가오고 있었으나, 마을의 공기는 한없이 가라앉아 있었다.

나는 안의 집 열쇠를 쥔 채 주먹을 쥐었다 폈다 했다. 안은 이미 집을 나섰을 것이었다. 어탁 재료를 사려면 근방의 도시까지 가야 했다. 마을의 문방구에는 기껏해야 물체주머니나 알사탕 따위밖에 없었다. 안에게는 거의 유일한 외출이었다. 직접 낚시터로 가 어체를 받아오는 일 역시 없었다. 그런 제안이 들어올 때면, 안은 두 배가 넘는 금액을 불렀다. 안은, 자신의 노동에 대한 정당한 대가라고 말하곤 했지만, 사실은 집을 나서는 게 귀찮아서일 뿐이었다. 필요한 생필품은 대량으로 구매해 배달시켰다. 안의 창고에는 언제나 터무니없이 많은 양의 휴지, 쌀, 굵기가 제각각인 국수, 전구, 똑같은 모양과 크기의 유리컵 들이 상자째 쌓여 있었다. 그러나 어탁 재료만은 언제나 직접 골랐다. 붓과 종이를 일일이 손으로 만져보고 새로운 것과 기존의 것을 끊임없이 비교해 더 나은 것을 선택하는 일은, 안 외에는 누구도 대신할 수 없었다.

안은 집에 와 어탁 연습을 해도 좋다고 했다. 자신의 물건에 손대는 것을 무척 싫어하는 안의 성격으로 봐서는 의외의 행동이었다. 안은 여분으로 맞춰놓은 현관 열쇠들 중 하나를 고리에서 빼내 나에게 건넸다. 나는 열쇠를 탁자 위에 올려놓았다. 열쇠는 흠집 하나 없는 새것이었다.

35

　식당엔 누린내가 진동했다. 주인 여자는 들통 안을 국자로 휘젓고 있었다. 가스레인지에 올린 들통이 높아, 플라스틱 의자 위에 올라서야 했다. 여자가 국자를 크게 저을 때마다, 의자가 금방이라도 쪼개질 듯 덜덜거렸다. 뒤꿈치가 닳은 양말은 짝짝이였다. 남성용 트레이닝복의 바짓단을 둘둘 말아 입고 있어 다리가 더욱 짧아 보였다. 엉덩이가 터질 듯했다. 쇠기름 때문에 벽이 반질반질했다. 바닥이 미끈거렸다. 여자는 솥에서 고기 한 덩이를 꺼내 도마 위에 내려놓으며, 뚜껑을 들통 위에 어긋나게 얹어놓았다. 가스레인지 위에 설치된 환풍기로는 역부족인 듯, 연기는 사방으로 퍼져나갔다. 여자는 의자에서 내려오기 위해 몸을 둥글게 말았다. 두꺼운 목과 근육이 뭉친 굽은 어깨는 소의 것처럼 우람했다. 목이 늘어난 티셔츠 안쪽으로 보라색 브래지어 끈이 드러났다. 몸에 맞지 않는 듯, 어깨끈이 살에 파묻혀 벌겋게 자국이 남았다. 무릎을 짚고 간신히 허리를 편 여자는 도마 위의 수육을 썰기 시작했다. 뜨거운지 고기를 연방 들었다 놓았다.

곰국과 깍두기로 구성된 단출한 식판을 받아든 장기방 남자가 볼멘소리를 했다. 쇠기름과 땀으로 뒤범벅된 여자의 얼굴에서 윤기가 흘렀다. 처먹질 말든가. 여자는 입을 한일자로 꾹 다문 채 복화술을 하듯 읊조렸다. 작고 얇은 입술 아래, 길고 밋밋한 인중이 도드라져 보였다. 출근하지 않는 기의 공백을 채우기 위해, 여자는 별다른 반찬이 필요 없는 고깃국을 보름째 끓여내고 있었다. 닭, 돼지뼈, 소고기 등, 고기의 종류만 달라졌다. 식당에 진동하는 각종 고기의 누린내가 오히려 식욕을 떨어뜨렸다. 여자는 김치 그릇을 던지듯 식판 위에 놓았다. 축제를 앞두고 계속되는 비와 기의 부재 때문에, 내내 심기가 불편한 듯했다.

기는 여관 주변에 모습을 드러내지 않는 대신 강 너머의 마을과 주변의 야산을 뛰어다녔다. 한밤중에 안광을 번뜩이며 외진 길목과 숲에 출몰하는 기와 마주칠 때마다, 사람들은 귀신을 본 듯 겁에 질려 도망쳤다. 도망치다가 그가 기임을 깨달은 몇몇 사람들은 길을 되돌려, 기의 뒤를 쫓았다. 손에 잡히는 것이면 무엇이든 집어던졌다. 기를 붙잡아 맨손으로 후려치며 놀랜 것에 대해 분풀이를 해댔다. 욕지거리를 날렸다. 기는 영문도 모른 채 밤, 더 깊은 밤 속으로 몸을 숨겼다. 인기척을 숨기기 위해 운동화를 벗었다. 발바닥은 단단해지고 눈동자는 어둠 속에서도 형형해, 빛을 잃은 사물을 온전히 분간할 수 있었다. 기는 하룻밤 새 피는 꽃처럼, 갓 태어난 초식 동물이 수 시간 만에 들판을 달리듯, 빠른 속도로 자라났다. 나는

114

시간이 모두에게 같은 속도로 흐르지 않음을, 기를 통해 알았다. 기는 곧고 단단한 나무를 찾아 야산을 이 잡듯 뒤졌다. 그다음엔 가늘고 부드러운 뿌리를 얻기 위해 땅을 팠다. 기는 집에 두었던 펜치를 다시금 집어들었다. 같은 반 보이스카우트의 모험도감을 훔쳤다.

나는 안의 집으로 가던 도중, 먼발치에서 기를 발견했다. 간밤에 인사도 없이 사라진 기였다. 기를 향해 달려가려 했으나 곧 그만두었다. 기의 어깨를 다정히 감싼 군청 직원이 눈에 들어왔기 때문이었다. 기는 눈을 가늘게 접으며 무언가를 설명하듯 쉼 없이 손과 입을 놀리고 있었다. 기는 주말에도 교복을 입었다. 교복은 기가 입고 다니던 허름한 멜빵바지에 비하면, 사치스러워 보이기까지 했다. 똑같은 흰색 반팔셔츠에 군청색 정장바지를 입은 둘은, 형제 같았다. 기의 어깨에 올라가 있던 군청 직원의 손은 때때로 기의 정수리를 매만졌다, 등을 쓰다듬었고, 다시 어깨 위로 되돌아왔다. 나는 못 볼 것을 본 듯 거북스럽고 불쾌했다. 필요에 따라 행동할 줄 아는 기는 영악스러웠다. 군청 직원은 마을에서 유일한 기의 편일지도 몰랐다. 자신의 처지를 정확히 꿰고 있는 기가, 일순 초라해 보였다.

나는 멀어져가는 둘의 뒷모습을 바라보며, 문득 안을 떠올렸다. 내가 기와 다른 것이 무엇일까. 나는 주머니에서 안의 집 열쇠를 꺼내 가만히 들여다보다가, 꼭 쥐었다. 기, 기…… 기의 이름이 탄식처럼 입에서 흘러나왔다.

36

옥수수밭은 공주를 지키는 성의 가시덤불처럼 안의 집 주변을 둘러싸고 있었다. 며칠 전 내린 비로 옥수수 줄기는 하늘을 찌를 듯 자라났다. 열매는 실했다. 무성한 수염 사이로 연한 옥색 알갱이들이 모습을 드러냈다. 힘없이 늘어진 푸른 잎사귀의 가장자리가 물결 모양으로 일렁였다. 안의 옥수수가 여물길 손꼽아 기다린 아이들은 날이 어둑해질 때를 기다려 서리를 했다. 잘 여문 옥수수만을 골라 품 한가득 안고 집으로 돌아갔다. 사카린을 넣고 삶은 옥수수 꼭지를 쪽쪽 빨며, 아이들은 아무렇지 않게 안의 집 앞을 지났다.

열쇠는 새것임에도 부드럽게 돌아갔다. 문을 열자 갇혀 있던 공기들이 한꺼번에 달려들었다. 옅은 비린내와 묵향, 찌든 담배 냄새가 뒤섞였다. 열쇠를 작업대 위에 올려두었다. 달칵. 쇠와 나무가 부딪혀 내는 단단한 마찰음이 집 안을 울렸다. 안이 없는 집은 고요했다. 그 고요가 나를 한껏 예민하게 만들었다. 작업대 위에 얇게 깔린 먼지들이 불빛 아래 드러났다. 먼지 위에 난 희미한 손자국, 그리고 그 손자국 위에 다시 쌓인 먼지들을 보았다. 손길이 사라진 곳이면 어디에든, 먼지가 앉았다.

굳게 잠겨 있던 안의 방 안에, 바다가 있었다.

벽 한가득, 민물고기와 바닷물고기가 함께 유영하고 있었다. 다자라 강물을 향해 주둥이를 들이밀고 물길을 거슬러오르는 은어떼, 알이 차 배 부분이 타오를 듯 붉은 송어, 죽은 낯빛 같은 푸르른 등을 가진 뱅에돔, 그 사이를 지나는 날렵한 몸체의 학공치떼와 그림자인 듯 희미하게 흔들리는 수초들, 제 몸보다 긴 수염을 가진 새우들이 그곳에 있었다. 비늘 하나 놓치는 법 없이 섬세한 유영도였다. 어탁 가까이 손을 가져가보았다. 입을 벌린 물고기들은 말이 없었다. 물속 깊이 몸이 가라앉는 것만 같았다. 다시는 떠오르고 싶지 않을 만큼, 안온했다.

37

기는, 이런 꿈을 꾸었다.

너른 광장에 다다른 기가 가장 먼저 본 것은 양산을 쓴 여인들
이었다. 부드러운 견직물, 끝단에 섬세한 문양의 레이스가 달린 양
산은 꽃잎인 듯 하늘거렸다. 여자들은 부드러운 미풍에도 양산이
뒤집어질까 이리저리 손을 움직였다. 여러 겹으로 이루어진 치마
는 얇은 겹마다 제각기 색이 달랐다. 기는 그 치마를 무슨 색이라
해야 할지 몰라 입술을 달싹거렸다. 양산 아래, 살굿빛이 도는 얼
굴들, 굵고 윤기가 흐르는 머리카락을 보았다. 향나무로 만든 부채
는 작고 유연해 보였다. 목덜미가 까만 소년들이 웃통을 벗은 채
대로를 뛰어다녔다. 맨발바닥은 두텁고 단단했다. 기는 그토록 푸
르른 활엽수들을 처음 보았다. 산산이 부서지며 쏟아지는 햇빛 사
이를, 나뭇잎들은 물속 물고기처럼 노닐었다.

광장 한가운데 분수가 있었다. 공중으로 튀어오르는 거대한 물
고기와 작살을 든 반인반어의 신 들로 장식된 분수대에서 물줄기

가 솟구쳐올랐다. 기는 날카로운 이빨을 가진 물고기상의 아가미 앞에 섰다. 본 적 없는 물고기였다. 기는 분수대에서 솟아나는 물들, 금방이라도 흘러넘칠 듯 분수대 가장자리를 따라 부푼 빵처럼 생긴 물둘레, 끊임없이 바깥으로 밀려나가는 작은 파문을 보았다. 물결에 일그러진 창백한 얼굴 하나가 있었다.

　기는 양산을 쓴 여인 중 하나를 생생히 떠올리고 있었다.
　여자는 종 모양의 흰색 양산을 쓰고 있었다. 장미넝쿨을 수놓은 흰 레이스 장갑을 낀 두 손이 양산 손잡이를 꼭 쥐고 있었다. 양산대는 곧 부러질 듯 얇았다. 여자는 풍만한 가슴을 훤히 드러내고는 리본으로 허리를 바짝 조이고 있었다. 산발한 검은 곱슬머리가 바람에 날렸다. 양산 그늘에 가려진 탓에, 기는 여자의 얼굴을 자세히 기억하지 못했다. 기는 펄럭이는 여자의 치마를 보며 대신 표정을 읽었노라 말했다. 하얀 스란치마는 바람 탓에 이내 한 방향으로 휘감겨 부풀어올랐다. 여자는 한 송이의 거대한 꽃봉오리 같았다. 하이힐 아래 짓이겨진 잡초, 얼굴을 들이미는 노란 들국화, 여자를 먼 나라로 데려갈 듯 무리지어 몰려든 새털구름 아래, 까만 곱슬머리를 가진 남자아이가 여자의 치맛자락을 붙잡고 있었다. 여자는 곧 아이의 손을 찾아 쥐며, 언덕 너머로 서서히 사라져갔다. 기는 갑자기 슬픔이 북받쳐올랐다. 손을 뻗었으나 닿을 수 없는 곳에 여자가 있었다. 기는 터져나오는 흐느낌을 손으로 틀어막았다.

양산을 든 여인은 여러 번 기의 꿈속에 출몰했다. 기는 기차 차창 밖으로 펼쳐진 너른 들판 위에서, 빽빽이 자라난 가문비나무숲 한가운데에서, 도시의 짓다 만 건물의 철골 구조물 위에서, 달리는 말 위에서, 그녀를 다시 보았다. 꿈속에서 기는 낭떠러지에 가까스로 매달려 있었다. 여자는 절벽 위에서 기의 오른쪽 팔목을 붙잡고 떨어지지 않도록 버티고 있었다. 기가 안간힘을 쓰며 나머지 팔을 뻗었을 때, 그녀는 허공에 들린 기의 손을 붙잡았다. 무언가를 쥐어주고는 손을 놓아버렸다. 기는 절벽 아래로 떨어졌다. 점차 작아지는 여자의 얼굴을 보았으나, 기는 끝내 그 표정을 기억해내지 못했다. 손바닥에는 붉은 알사탕 하나가 있었다.

꿈에서 깨어난 기는 자신의 아랫도리가 젖어 있음을 깨달았다. 기는 눈물을 흘렸다.

38

　고독한 아이들이 가장 먼저 하는 일은, 집짓기이다. 그들은 보통 간신히 몸을 누일 수 있을 만큼 작은 집을 짓는다. 일인용 텐트, 벽장, 책상 밑, 속이 빈 수납용 긴 의자, 대형 개집 등, 적당한 공간만 확보된다면, 무엇이든 집의 뼈대가 될 수 있다. 그리고 이불이나 커튼을 이용해 빛을 차단한다. 간신히 드나들 수 있을 만큼 작은 문은, 밖에서 열 수 없다면 더욱 좋다. 아이들이 그곳을 자신의 집이라 이름 붙이는 방법은 간단하다. 그곳에 자신이 가장 아끼는 물건을 두는 것이다. 눈이 뜯긴 토끼 인형, 좁은 공간을 더욱 비좁게 만드는 돌고래가 그려진 튜브, 엄마의 펜던트, 침대 밑에서 찾아낸 포장용 리본, 삭발한 마론인형 따위를 잘 보이는 곳에 놓아두면 세상에서 가장 안전한 집이 완성된다. 홀로 남겨졌다 느껴질 때면 너구리처럼 굴 속으로 몸을 밀어넣는다. 아이들은 어둠 속에서, 불모의 내면을 들여다본다. 마음 안의 어둠은 그렇게 아이와 함께 자라난다.

　내가 기의 집을 찾았을 때, 기는 마당 한가운데에 앉아 방충망을 자르고 있었다. 주변엔 가느다란 나무막대와 노끈, 철사 따위가 널려 있었다. 기는 대청마루 기둥에 달린 작은 백열등 불빛에 의지해, 만들어둔 나무틀에 방충망의 크기를 맞춰보고 있었다. 어른 손바닥 크기의 나무틀은 주변에 철사를 둘러, 무척 단단해 보였다. 기는 방충망을 틀에 씌울 생각인 듯했다. 무척 집중한 듯, 불빛에 드러난 기의 반쪽 얼굴은 단단히 굳어 있었다. 좁아진 양미간은 주름이 져, 툭 튀어나왔다. 나는 기의 옆에 쭈그리고 앉았다.

뭘 만드는 거야?
덫.
덫을 어디다 놓으려고?
교실에.
왜?
복수하러.
누구한테?
전부 다.

기의 시선은 내내 완성되어가는 덫에 머물러 있었다. 고개를 앞으로 숙일 때마다, 긴 머리칼 아래 때에 전 옷깃이 드러나 보였다. 기에게서는 오래 묵은 땀내와 함께 희미한 비 비린내, 풋내가 났다. 복수. 나는 상투적이고도 낯선 그 단어를 발음해보았다. 돌멩이를 피해 사력을 다해 질주하는 기, 아이들과 마주칠까 두려워

차마 강을 건너지 못한 채 쓰레기처럼 전봇대에 기대어 있던 기의 모습이 스쳐갔다. 나는 기에게 닥친 어려움의 얼마간은 기 자신에게 책임이 있는 것이라 생각했다. 억지스러운 방법으로 학교에 들어간 점, 기의 비사교성, 불통함 따위가 아이들의 눈에 거슬렸으리라. 학교와 아이들을 상대로 한 싸움엔 승산이 없었다. 기가 할 수 있는 일은 학교에서 나오는 것뿐이었다. 나는 기의 등뒤에 놓인 새총, 단단한 나무막대를 깎아 만든 작은 목검 따위를 만지작거렸다.

그때, 기의 방에서 무언가 부딪치는 소리가 들렸다. 탁, 탁, 불규칙적으로 들리는 마찰음이 거슬렸다. 창문으로 노란 불빛이 새어나오고 있었다. 나는 자리에서 일어나, 기의 방으로 향했다. 대청마루에 무릎을 꿇고 앉아 방문을 열었다.

산새였다. 아무렇게나 널린 교복바지와 셔츠 들 사이를, 손바닥만한 새 한 마리가 제 몸을 부딪치며 이리저리 날아다니고 있었다. 입이 벌어진 책가방 사이로 펼쳐보지도 않았을 한문노트와 펜치가 보였다. 돌을 가득 담은 작은 천주머니가 가방 옆에 흘러나와 있었다. 갈색 털과 검은 주둥이를 가진 새는, 깃의 끝부분이 잘려나가 있었다. 새는 멀리 날지 못하고 이내 바닥으로 툭 떨어졌다가 다시 날아오르기를 반복했다.

39

나는 모든 부재의 공포로부터 벗어나, 스스로 부재하기로 마음 먹었다. 나는 장을 떠나기로 결심했다. 그즈음 나는 시시때때로 돌 눈물을 흘렸다. 꼬리표처럼 비명과 혐오가 따라다녔다. 더이상 학 교에 다니지 못했다. 나는 때때로 억울했다가, 두려웠다가, 이내 순응했다. 전염병도 아닌데, 아버지는 옷가지를 불태웠다.

비옷을 입은 야채장수가 트럭의 물건을 가게 안으로 들이는 동 안, 주인 여자는 망부석이라도 된 듯 탁자에 앉아 넋을 놓고 있었 다. 시선은 활짝 열린 유리문에 빗금을 긋는 빗방울들에 가 닿아 있었다. 가게에 들어서자마자 '사장님'을 외치던 야채장수는 입 을 다물고 있었다. 야채장수의 우의에서 떨어진 빗물이 그의 동 선을 따라 식당 바닥에 고였다. 평소보다 많은 양의 채소와 고기 를 나르느라, 그의 얼굴은 이미 빗물과 땀으로 뒤범벅되어 있었 다. 관광객 맞이에 한창이어야 할 식당에 정적이 흐르고 있었다. 비 때문이었다. 며칠간 우물쭈물하던 비는, 오래 참은 오줌처럼 터져나온 이후 멈출 줄을 몰랐다. 이미 주문한 물량을 돌려보낼 수도 없어, 여자는 심기가 불편했다.

도로 확장 공사중이던 야산이 무너지면서 근방의 민가 몇 채를
덮치는 일이 있었다. 무덤이 함께 쓸려 내려와 백골이 지붕 위에
널렸다. 드러난 뼛조각에서 환하게 빛이 일었다. 수거된 뼈는 임자
를 찾느라 땅에 묻지 못했다. 군청 민원실에 보관중인 백골이 끊
임없이 사람들 입에 오르내렸다. 마을 사람들은 그 일을 불길한
징조로 받아들이는 모양이었다. 저지대의 밭들이 물에 잠긴 채 썩
어갔다. 강물이 불어나고 있었다.

나는 부엌 주변을 기웃거렸다. 점심시간에 맞춰 식당에 내려왔
으나, 여자에게 말을 붙일 엄두를 내지 못하고 있었다. 감자 포대
를 어깨에 짊어진 야채장수가 나를 향해 크게 눈을 깜박여 보였
다. 나는 손바닥을 양쪽 허벅지에 비비며 한쪽으로 물러났다. 비에
서 눈을 뗀 아줌마는 이윽고 흥건한 식당 바닥의 빗물과, 그 위를
첨벙대며 지나는 야채장수의 노란 장화로 시선을 옮겼다. 장화에
서 떨어진 진흙이 사방으로 튀어 탁자 다리에 얼룩이 졌다.

굵은 빗방울이 단단한 땅에 부딪쳐 튕겨져나가는 소리는 소란
스러웠다. 곡식을 볶을 때의 요란함과 닮았다. 마른 프라이팬 위의
콩이 한껏 달아올라 공중으로 솟구쳐올랐다가 이내 바닥으로 곤두
박질치듯, 비는 탄력적이고 힘이 셌다. 시장 주변엔 파라솔 아래,

아파트 주민 몇이 모여 있었다. 작은 북과 확성기를 이용해 저마다 큰 소란을 만들어내고 있었다. 손에 든 종이컵에 끊임없이 빗물이 떨어졌으나, 개의치 않고 한입에 털어넣었다. 다시 확성기를 입에 갖다댔다. 비에 젖은 아파트 외벽이 그들 뒤에 버티고 있었다. 현수막은 끝내 되돌려 받지 못한 듯했다.

그 앞으로 소달구지 하나가 느리게 지나갔다. 흰 물감을 덧발라 그림을 지우듯, 눈이 사물의 경계를 없애듯, 비에 젖은 소달구지는 부산스러운 풍경을 일순 고요함으로 뒤바꿔놓고 있었다. 노인은 소에게 끌려가듯 고삐를 쥐고 한 발 한 발 나아갔다. 빗물은 이내 빈 수레를 통과해 바닥으로 떨어졌다. 소의 등에 메인 꽃 한 묶음이 보였다. 꽃은 빗속에서도 한없이 푸르렀다. 소의 젖은 이마가 누렜다.

소달구지가 여관 앞을 지날 때였다. 강변에서부터 누군가가 빠른 속도로 달려왔다. 한 손에는 조악하게 만든 목검이 들려 있었다. 이마에서 연방 피가 흘러내렸다. 붉은 피가 멀리서도 눈에 띄었다. 달리면서, 끊임없이 눈으로 들어가는 핏물을 닦아내었다. 목검은 좌우대칭이 맞지 않아 찌그러진 듯 보였다. 기였다. 기는 괴로운 듯 두 손으로 얼굴을 감싸쥐었다.

40

얼굴에 갖다댔던 손을 뗀 후, 기는 피로 물든 손바닥을 내려다 보았다. 그제야 이마에서 피가 흐르고 있다는 사실을 깨달은 듯 눈이 커졌다. 일그러진 기의 얼굴은 노인 같았다. 미래의 기였다. 그때, 볍씨만큼 작은 알갱이들이 기의 뒤통수에 꽂혔다. 속사포처럼 날아들기 시작했다. 비비탄이었다. 이제 막 다리를 건넌 한 무리의 아이들이 기를 공격하고 있었다. 손엔 그럴싸한 모양새의 장난감 총이 들려 있었다. 일전에 기에게 돌을 던진 아이들인 듯했다. 기는 눈을 찌푸리며 여관 쪽으로 달리기 시작했다. 사정거리가 짧은 듯 비비탄은 기를 맞히지 못했다. 이마에 난 상처의 원인을 짐작할 수 있었다. 아이들은 시장 입구에서 멈추어 섰다. 시위중이던 아파트 주민들이 장난감 총을 든 아이들을 향해 소리를 질렀다. 보는 눈이 많은 탓인지, 아이들은 순순히 물러났다. 흡사 시가전을 방불케 한 싸움은 금세 끝이 났다.

뒤통수를 손으로 감싸고 달리던 기는 더이상 탄환이 날아오지 않자, 그제야 뒤를 돌아보았다. 다리를 건너는 아이들의 형체가 서서히 멀어져갔다. 기는 아이들이 시야에서 완전히 사라질 때까지 눈길을 거두지 않은 채, 가쁜 숨을 내쉬었다. 새가슴이 크게 부풀었다 가라앉기를 반복했다. 빗물이 섞인 핏방울이 턱에서 뚝뚝 떨어졌다. 기는 연방 손등으로 닦아, 바지춤에 문질렀다. 비에 젖은 흰 셔츠 위로 핏방울이 떨어졌다. 떨어진 핏방울이 섬유의 결을 따라 개화했다. 기의 앞섶에 몇 개의 꽃이 피는 사이, 나는 식당 안으로 뛰어들어갔다. 피를 닦을 수건을 찾아 두리번거리다, 탁자 위의 마른행주를 발견했다.

기!

내 목소리에 기가 번쩍 고개를 들었다. 주변을 천천히 둘러보았다.

기!

나는 다시 한번 기의 이름을 불렀다. 식당 처마 밑에서 발을 굴렀다. 기는 시위중인 아파트 주민들을 바라보았다. 확성기를 통해 들리는 갈라진 목소리, 엇박자로 두드리는 북소리가 둥둥 울렸다. 이내 돌아선 기의 시선이 도로변 전봇대에 매어져 있는 소달구지에 가 닿았다. 되새김질을 하는 소는 자리를 비운 노인을 기다리는 듯했다. 기가 갑자기 바닥에 닿을 듯 어깨에 축 늘어져 있던 가방을 벗어던졌다. 나무막대를 고쳐잡았다. 기는 소달구지를 향해 천천히 걸어갔다.

기!

 퍽, 소리와 함께 소가 울음을 뱉어냈다. 기는 양손으로 몽둥이를 단단히 쥔 뒤, 소를 내려쳤다. 닥치는 대로 휘둘렀다. 소의 엉덩이, 툭 튀어나온 등뼈, 어깨와 대가리를 마구 후려쳤다. 전봇대에 묶인 소는 도망치지 못하고 주춤주춤 뒷걸음질칠 뿐이었다. 소는 대가리를 앞뒤로 거칠게 흔들어댔다. 양손에 비닐봉지를 들고 시장을 빠져나오던 노인이 기를 향해 달려들었다. 비닐봉지를 내팽개친 채, 몽둥이를 쥔 기의 팔을 붙잡으려 애썼다. 아이고! 이놈아! 기는 노인의 손을 거칠게 뿌리쳤다. 이 후레자식! 노인은 기의 뒤쪽으로 가 양팔로 허리를 안고 기를 저지했다. 소에게서 떼어놓기 위해 있는 힘껏 기에게 체중을 실었다. 뒤로 훅 밀려난 기는 나동그라질 뻔했으나, 곧 다리를 크게 벌려 중심을 잡았다. 허리를 꽉 쥐고 있는 노인의 손을 감싸고는, 가운뎃손가락을 펼쳐 뒤로 세게 꺾었다. 아이고, 아이고! 손가락이 꺾인 노인이 이내 바닥으로 내동댕이쳐졌다. 기는 몽둥이를 고쳐쥐고는 다시 소를 향해 걸었다. 방해꾼이 없어지자, 온 힘을 다해 소를 내려치기 시작했다. 등에 매어놓은 푸른 꽃다발이 먼지처럼 풀풀 날렸다. 이내 땅에 떨어져, 기의 발아래 짓이겨졌다. 꽃은 빗물에 젖어 제 색을 잃었다. 아이고, 아이고! 노인이 바닥에 널브러진 채 곡을 했다. 소가 젖은 발을 들어 풀쩍 뛰었다. 길게 울었다. 빗속에서 소를 후려치는 기의 모습은 무성영화의 한 장면처럼 비현실적으로 느껴졌다. 확성기의 고약한 기계음도 북소리도 멈춘 지 오래였다. 급작스러운 상황에 누구 하나 말릴 생각을 하지 못하고 있었다. 기는 크게 숨을 내쉰 뒤, 양손에 단단히 힘을 주었다. 소의 정수리를 향해 몽둥이를 날렸다. 기의 살기등등한 눈빛이 소에게서 떨어질 줄 몰랐다.

41

기를 막은 것은 야채장수였다. 식자재를 정리한 후 뒤늦게 식당
문을 나선 그는, 소에게 몽둥이를 휘두르는 사내아이와 바닥에 널
브러져 곡을 하는 노인네를 발견했다. 처마 밑에서 멍하니 서 있
던 나를 지나쳐 곧장 기에게로 달려갔다. 몽둥이를 한 손으로 잡
은 뒤, 기의 뒷덜미를 낚아챘다. 빼앗은 몽둥이를 바닥으로 집어던
졌다. 일그러진 기의 무기가 요란한 소리를 내며 바닥을 굴렀다.
기의 뒷목을 단단히 쥔 남자가 뺨을 후려쳤다. 크고 두꺼운 손바
닥에, 고개가 완전히 돌아갔다. 그는 기의 반대쪽 뺨을 한 대 더
때리고는, 바닥으로 내동댕이쳤다. 기의 입가에서 피가 흘렀다. 기
는 붉어진 자신의 양손을 바라보았다. 꼭 쥐려 했으나 손끝에 힘
이 실리지 않아, 닭발처럼 오그라들기만 할 뿐이었다. 기는 남자에
게 눈길조차 주지 않았다. 없는 듯이 굴었다. 이길 수 없는 상대와
마주쳤을 땐, 외면해버리는 것이 기의 처세였다.

철퍼덕, 하는 소리와 함께 도로변에 소똥이 떨어지기 시작했다.
공포에 질린 소가 분비물을 모두 밖으로 밀어내고 있었다. 엄청난

양의 똥이, 끊임없이 쌓여갔다. 소나기처럼 오줌이 쏟아져내렸다. 빗물에 쓸려, 낮은 지대로 흘러갔다. 길게 빼문 소의 혀에서 침이 뚝뚝 떨어졌다. 두려움이 가득한 눈빛이 기를 향하는 듯하더니, 이내 바닥으로 떨어졌다. 기는 천천히 몸을 일으켰다. 기는, 늘어진 비디오테이프의 화면처럼 느리고 과장되게 움직였다. 식당 처마 밑에 선 나를 바라보았다. 기의 눈동자에는 분노와 원망이 뒤섞여 있었다.

비닐봉지를 빠져나온 자두 몇 알이 도로 위를 굴렀다. 자두는 붉디붉었다.

나는 기의 학교생활이 순탄치 않길 바랐다. 기가 선생님과 아이들에게 인정받고 동화되어, 마침내 나를 외면해버릴까 두려웠다. 학교에서 내처진 뒤, 예전처럼 여관으로 돌아오기를 바랐다. 피를 뒤집어쓴 기의 뒷모습을 되새겼다. 파르르 떨리는 눈자위와 새하얗게 질린 얼굴이 생생하게 떠올라 쉽사리 사라지지 않았다. 기의 불행이 내 탓인 것만 같았다. 원망으로 가득 찬 눈동자가 나를 괴롭혔다.

기는 한 발씩 걸음을 옮겨, 멀찍이 떨어져 있는 몽둥이를 주웠다. 집으로 가려는 듯, 다리 쪽으로 방향을 틀었다. 소의 분뇨 냄새가 바람에 섞여 온 거리에 진동했다. 기는 책가방을 들어 한쪽 어깨에 걸쳤다. 아파트 주민들은 한 손에 확성기와 북을 든 채 기를 바라보고 있었다. 기가 갑자기 그들을 향해 몽둥이를 집어던졌다. 으악, 소리를 지르며 몽둥이를 피해 뿔뿔이 흩어진 사람 중 누군가 욕설을 퍼부으며 기의 뒤를 쫓으려 했다. 기는 죽을힘을 다해 도망쳤다. 다리를 건너 작은 점이 되어 사라지는 기를, 나는 무참한 마음으로 바라보았다.

기의 복수는 제대로 시작하기도 전에 끝을 맺었다. 방학이 시작되었다. 기는, 학교에 대해 아무것도 아는 것이 없었다. 빈 교실에 멀뚱히 선 기는, 헛웃음을 지었다. 며칠 전 나누어준 가정통신문은 기의 가방 안에 구겨져 있었다. 기는 자기만의 세계에 빠져 있었다. 모두에게 복수심을 품고, 아무에게나 화풀이했다. 죄책감 따위는 없었다. 기가 마음 안에 차곡차곡 분노와 원망을 다져갈 동안, 방학이 시작된 아이들은 도시로 혹은 이곳보다 더 외진 시골로 휴가를 떠났다. 원주민들이 난 자리를, 관광객들이 대신 채울 것이었다. 축제가 시작되었다.

42

나는 장을 떠나왔음에도 머릿속에서 사라지지 않는 장의 환영
이 무서웠다.

안은 끊임없이 안경을 추켜올리는 버릇이 있었다. 안은 더이상
이야기를 듣고 싶지 않을 때, 말꼬리를 길게 늘였다. 그래도 이야
기가 이어지면, 대답을 하지 않거나 자리를 피했다. 기분이 좋을
때엔 어린아이처럼 신이 나 혼자 삼십 분이 넘도록 이야기를 하기
도 했다. 마침표 없는 문장들이, 꼬리에 꼬리를 물고 끝없이 이어
졌다. 주전자의 물 끓는 소리도, 어탁을 의뢰하러 온 손님의 문 두
드리는 소리도, 안의 귀에는 들리지 않는 듯했다. 안은 선택적으로
사려 깊었고, 어떤 부분에선 한없이 미련스럽기까지 했다. 때때로
안은 변덕스러웠지만, 변덕을 부리는 상황은 일관적이었다. 안은
물고기의 눈동자를 그릴 때 왼손을 덜덜 떠는 버릇이 있었다. 혀
끝으로 입술 안쪽을 슬며시 적시고, 이를 딱딱, 소리가 나게 맞부
딪쳤다. 긴장한 안의 손바닥은 땀으로 흥건해 작업대 위엔 언제나
수건이 준비되어 있었다. 안은 창백한 푸른빛과 따스한 주황색을

함께 쓰는 것을 좋아했다. 알이 들어찬 숭어를 그릴 때, 가장 공을 들였다. 숭어는 내장에 환하게 불을 밝혔다.

나는 좀처럼 집을 나서지 않는 안에게, 먹이를 물어 나르는 어미 새처럼 마을의 소식을 들려주곤 했다. 이미 알고 있는 이야기에도, 믿기 어려운 풍문에도, 안의 반응은 한결같았다. 나는 흙탕물이 유입해 물고기가 죄다 폐사한 양식장의 이야기를 들려주었다. 이 근방에서 가장 큰 양식장이었다.

주인인 김은 온종일 수면 위를 가득 메운 죽은 물고기들을 뜰채로 건져내었다. 비 때문에 작업은 더뎠다. 배를 드러낸 물고기들은 빠른 속도로 부패했다. 떼 지어 몰려들면 수박 냄새가 진동하던 물고기는, 수질과 수온에 민감했다. 쉽게 죽고 빠르게 썩어갔다. 거대한 산처럼 쌓인 물고기 무덤에서, 이루 말할 수 없이 고약한 비린내가 풍겼다. 그 비린내를 맡고 마을 사람들이 모여들었다. 물고기는 축제 때 강에 풀어놓을 것들이었다. 김은 울고 싶었으나, 모여든 사람들 때문에 울 수 없었다. 대신 귀가 붉어졌다. 타오를 듯 붉은 귀가 대신 울었다.

다리가 끊기면 어떻게 해요?
갇히겠지, 영영.

눈 그리기를 마친 안이 수건에 손바닥을 비볐다. 안은 노래를 흥얼거리듯, 영영, 이라고 말했다. 빗소리가 먼 곳에서 희미하게 들려왔다. 안은 비 내리는 소리가 너무 소란스럽다며, 창문을 죄다 닫아버렸다. 집은 고립되었다. 돋보기를 벗은 안이 내 얼굴을 유심히 들여다보았다. 평소와는 달리, 안의 작업대 앞을 떠날 줄 모른 채, 아무 말이나 지껄이고 있는 내가 이상해 보였으리라. 나는 안에게 말하고 싶었다. 안에게 무슨 말이든 듣고 싶었다. 엉킨 실타래처럼 풀리지 않는 마음에 대하여, 불안과 죄책감에 대하여. 그러나 선뜻, 기의 이름을 혀끝에 올리지 못하고 있었다. 우린 비밀한 사이도 아닌데. 기라는 이름에 특별한 의미가 있는 것도 아닌데, 어째서.

나는 안의 사려 깊은 눈빛을 피해 내 작업대로 향했다. 작업대 위에는 연습을 위해 뜬 붕어 탁본 수십 장이 어지럽게 널려 있었다. 눈이 없었으므로, 탁본은 모두 미완이었다. 나는 하얗게 빛나는 빈 눈두덩을 바라보았다. 두려웠다.

43

　주인 여자는 강아지 한 마리 때문에 골머리를 앓고 있었다. 애완견을 데리고 온 가족을 받아준 것이 잘못이었다. 개는 몸집은 무척 작았지만, 털이 길고 자주 짖었다. 귀가 따가울 정도로 쨍쨍 울리는 울음소리가 밤이고 낮이고 여관을 가득 메웠다. 수컷인 개는 복도를 뛰어다니다 모서리만 마주치면 오줌을 갈겼다. 계단 카펫과 방 벽지가 누렇게 젖어들어갔다. 지린내가 진동했다. 객실 곳곳에서 항의가 들어왔으나 개 주인은 요지부동이었다. 사람들은 계속되는 비 때문에 축제가 이틀이나 연기되자, 신경이 잔뜩 곤두서 있었다. 비는 그칠 듯 그치지 않았고, 강물은 범람하진 않았으나 평소보다 훨씬 높은 수위를 유지하고 있었다. 산발적으로 내리는 비 때문에, 좌판을 세웠다 철거하기를 반복했다. 일기예보에서는 '내일은 그칠 것'이라 했지만, 내일도, 내일의 내일도, 비는 먹이를 문 개처럼 끈덕지게 달라붙었다. 여관방이 낯선 아이들은 자주 칭얼댔다. 개와 아이가 함께 울었다. 일찌감치 자리를 털고 일어나는 사람도 있었으나, 대체로 먼 곳까지 이동해 며칠을 여관에서 보낸 수고를 허사로 돌리고 싶지 않은 눈치였다. 그들은 '내일은 그칠 것'이라는 일기예보를 믿었다.

기는 다시 여관으로 돌아왔다. 전과 다름없이 굴었으나 여전히 입고 다니는 교복을 볼 때마다, 피칠갑을 했던 그날의 모습이 떠올라 기를 마주 볼 수 없었다. 신경이 곤두선 주인 여자가 쉴새없이 기에게 잔소리를 했다. 기는 거위가 앞가슴에 머리를 묻듯, 고개를 푹 숙였다. 해가 뜨자마자 여관으로 달려와 밤늦게 돌아갔다. 기는, 소처럼 일했다. 그 성실과 고요 뒤에 숨겨진 적의를, 나는 문득문득 느낄 수 있었다. 그때마다 두려움으로 몸서리가 쳐졌다.

기는 시위중인 아파트 주민들을 보고 있었다. 폭우는 소강상태에 들어갔다. 벗어놓은 비옷이 누에의 허물처럼 둥글게 말려 있었다. 사람들의 드러난 맨살 위로 부슬비가 떨어졌다. 그들은 군청 직원과 대치중이었다. 현수막을 강제철거한 일 때문에, 사람들은 군청 직원이 다가오자 주먹부터 꽉 쥐었다. 군청 직원은 게처럼 사선으로 걸었다. 부실한 걸음걸이와 달리, 표정은 한없이 당당했다. 군청에서 좌판과 피켓을 철거하라는 명령이 떨어졌다는 군청 직원의 말이 떨어지기가 무섭게, 사내 하나가 멱살을 잡아챘다. 회색 양복바지 위에 흰 러닝셔츠를 걸치고 있었다. 검은 유두가 훤히 드러났다. 군청 직원의 두 다리가 바닥에서 떨어졌다. 얼굴이 빨개지다, 이내 허옇게 질렸다. 바닥으로 나가떨어진 그는 한동안 숨을 제대로 쉬지 못해 헐떡거렸다. 기는 무력한 군청 직원의 육

체를, 몸을 내던지는 코미디언의 연기를 관람하듯 연민과 비웃음
이 한데 뒤섞인 표정으로 바라보았다. 군청 직원은 휘청거리는 다
리를 추스르며 시위대 사이를 빠져나갔다.

식당 유리문에 기대선 기는 입가를 일그러뜨리며 웃고 있었다.
웃음을 참아보려 미간에 잔뜩 힘을 주고 있었으나, 새어나오는 웃
음을 막을 도리가 없는 듯했다. 양동이의 물이 흘러넘치듯, 기의
목울대가 간헐적으로 울렸다.

군청 직원은 길을 되돌아가며, 식당 처마 밑에 선 기를 발견했
다. 서로 눈이 마주치자, 그는 한쪽 입꼬리를 올리며 쓴웃음을 지
어 보였다. 기는 웃는 듯 우는 듯, 즐거운 듯 화가 난 듯, 기쁜 듯
슬픈 듯 묘한 표정을 지었다. 기의 얼굴엔 새로운 표정이 생겨나
고 있었다. 내가 본 적 없는, 보아도 짐작기 어려운.

군청 직원이 사라진 후 얼마 지나지 않아, 또다시 소란이 일었
다. 좀 전과는 정반대의 상황이었다. 피켓과 좌판이 부서졌다. 사
람들은 뿔뿔이 흩어졌다. 사람들이 떠난 자리엔, 우비와 구겨진 종
이컵, 몇 개의 나뭇조각만이 남았다. 그 위로 다시 폭우가 쏟아졌
다. 같은 야구점퍼를 입은 사내들의 뒷모습이 마을의 경계 너머로
점이 되어 사라졌다. 소란을 지켜본 관광객들은 불쾌하다는 듯 표
정을 일그러뜨렸다. 날이 개기만을, 모두가 바랐다.

44

물에 대해 생각한다. 물이 도달할 수 있는 높이, 물이 손을 뻗으면 닿을 수 있는 거리, 물의 깊이, 물의 무자비함, 물의 포용력, 물의 차가움, 물의 따스함, 물의 우울, 물의 부재.

바닥에 가라앉아 있던 진흙은 내부의 소용돌이를 타고 수면 위로 올라왔다. 맑았던 물빛은 이내 흙탕물로 변했다. 강물은 지대가 높은 곳에서 낮은 곳으로 거세게 몰아쳐갔다. 물살을 이겨내지 못한 물방울들이 공중으로 튀어올랐다. 힘이 센 물고기처럼, 물수제비를 뜨려 던진 자갈처럼 몸을 던진 물방울들이, 더러는 다리 위로 떨어졌다. 다리가 세워지기 전에 마을 사람들이 놓았던 돌다리는 물에 잠긴 지 오래였다. 다리가 세워지기 전, 마을은 장마철이면 두 갈래로 나누어지곤 했다. 시내로 일을 보러 나왔던 사람들은 물이 빠질 때까지 집으로 돌아갈 수 없었다. 비가 그칠 때까지 고립되었다. 물은 빠른 속도로 흘러 서쪽으로 나아갔다. 보다 작은 물줄기들과 조우하고, 어깨에 팔을 두르며 더 큰 강으로 나아가, 언젠가 바다에 이를 것이었다.

나는 물고기에 대해 생각한다. 물살을 견디기 위해 바위 뒤에
몸을 숨긴 물고기를, 흙탕물에서는 도저히 살아남을 수 없는 섬약
한 물고기를, 태어나 처음으로 소용돌이를 마주한 어린 물고기를,
힘겹게 물길을 거슬러 가까스로 고향에 도착한 젊은 물고기를.

아파트 주민들은 겁에 질려 더이상 시위대를 결성하지 못했다.
빼앗긴 확성기와 북은 어디로 가야 돌려받을 수 있는지도 알 수
없었다. 비에 젖은 우의는 베란다에 펼쳐 말리고 또 말려도 도통
물기가 사라지지 않았다. 여관방, 아기들이 울었다. 202호와 203
호, 304호와 305호의 아이들이 무리를 이루었다. 온종일 복도와
계단을 뛰어다녔다. 덩치가 가장 큰 아이가 대장 노릇을 했다. 어
디서 구했는지 모를 분필로 복도 카펫 위에 커다란 놀이판을 그렸
다. 1번과 3번 사이를, 3번과 5번 사이를 토끼처럼 풀쩍 뛰어넘었
다. 때때로 개가 짖었다. 아이들은 개를 받아주었다. 여관방에서
라면 냄새가 진동했다.

안에게 꼭 가야 했던 것은 아니었다. 안은 아무것도 강요하지
않았다. 우리에게는 암묵적인 몇 가지 규칙이 있을 뿐이었다. 그
규칙은, 우리가 오랜 시간 함께하며 반목하지 않을 정도의, 최소한
의 것들이었다. 어탁을 돕게 된 것 역시 자연스러운 일이었다. 안
은 손을 다쳤었다. 손이 다 나은 후에도 줄곧 물고기 곁을 떠나지

않은 것은 나의 의지였다. 작업대를 만들어준 것은, 그에 대한 안의 보답이었다. 내가 며칠간 안의 집을 찾지 않는다고 해서, 안이 여관으로 전화를 거는 일은 없었다. 안과의 관계는, 무엇이든 놀랍도록 자연스러웠다. 그것이 안의 미덕이었다.

'고립'을 말하던 안의 표정이 내내 마음에 걸렸다. 저녁에 먹을 음식에 대해 말하듯, 다 떨어져가는 솜방망이를 바라보며, 다시 만들어야겠다, 고 내뱉던 것과 같은 어조로, 똑같은 담담함으로 발음하던 안의 목소리가 자꾸 떠올랐다.

나는 다리 위에 섰다. 다리 바로 아래까지 물살은 치고 올라왔다. 튀어오른 물방울들이 난간에 닿았다. 겁이 났다. 다리가 부서져버릴 것 같았다. 바람이 거세, 우산대가 쉽게 휘었다. 바람이 부는 쪽으로 우산을 향하게 했다. 우산 안쪽이 윙윙대는 바람 소리로 가득 찼다. 앞이 보이질 않아, 우산을 살짝 들어보았다. 다리의 끝에 누군가 서 있었다. 여자였다. 우산을 든 여자가 그곳에 있었다. 나는 한 걸음 한 걸음 힘겹게 앞으로 나아갔다. 튀어오르는 물방울들이 비바람에 부서지며 안개를 만들었다. 시야가 흐렸다. 다리 중간에 이르렀을 때에야 비로소 여자의 얼굴을 알아볼 수 있었다.
장이었다. 장이 그곳에 있었다. 어떻게 장이 이곳에 있는지 따위는 궁금하지 않았다. 그곳에 장이 있었다.

한 손에 우산을 든 장이, 나머지 손을 높이 들어 힘차게 흔들어 보였다. 환하게 웃는 얼굴은 아름다웠다. 장이 다이빙 선수처럼 다리 아래로 뛰어내렸다. 나도 장을 따라 뛰어내렸다.

45

나는 물결에 일렁이는 마을을 보았다. 옅은 녹색의 구겨진 하늘을, 바람이 불 때마다 힘없이 떨어지는 작은 나뭇잎들을, 휘어지는 나뭇가지들을, 안개 너머 희미하게 깜박이는 붉은 간판을, 먼 데서 떠내려온 운동화 한 짝을, 푸르른 장의 얼굴을.

장은 물 밖으로 고개를 내밀기 위해 애쓰는 내 손을 잡아끌었다. 장의 얼굴은 물과의 경계가 흐릿했다. 어디까지가 얼굴이고 어디부터가 물인지 구별되지 않았다. 장의 손은 물고기의 점액처럼 미끄덩거리고 차가웠다. 위로 솟구친 머리칼이 수초인 듯 살아 꿈틀거렸다. 장은 물속 깊은 곳으로 나를 이끌었다. 강물이 이렇게 깊었던가. 강물이 이렇게나 넓었던가. 밑바닥에서 크고 작은 소용돌이가 일었다. 바위가 들썩였다. 바위 아래 깔려 있던 고운 모래들이 물 위로 떠올랐다. 몸을 숨겼던 물고기들이 꼬리를 힘차게 흔들어 모래바람을 일으켰다. 시야가 가려진 틈을 타 달아났다. 물속은, 안개에 둘러싸인 풍경처럼 흐릿했다.

우리는 물속에 집을 지었다. 장은 한가운데 원형 탁자와 의자 두 개를 놓았다. 우리는 널찍한 그릇을 놓고, 각자의 컵을 놓았다. 의자에 앉은 장이 빈 접시 위에서 칼질을 했다. 포크로 허공을 찔러, 입안에 집어넣었다. 장의 입에서 기포가 태어났다. 참돔들이 무리지어 지나갔다. 물풀이 좌우로 크게 흔들렸다. 나는 장이 하듯 빈 접시에 대고 칼질을 했다. 허공을 포크로 찔러, 입안에 넣었다. 쓰고 비린 물이 목을 넘어갔다.

우리는 이윽고 두 마리의 물고기가 되었다. 작은 모래알갱이에 점점이 달라붙은 물이끼를, 그제야 보았다. 우리는 물살을 따라 앞서거니 뒤서거니 했다. 우리는, 민물고기이면서 바닷물고기였다. 고향도, 부모도 알지 못했다. 수면 위에 일렁이는 흰 손을 보았다.

눈을 뜨자, 커다란 기의 얼굴이 눈앞에 있었다. 기의 입술이 새파랗게 질려 있었다. 덜덜 떨렸다. 머리카락 끝에서 끊임없이 물방울이 떨어졌다. 나는 처마 아래서 떨어지는 빗방울을 구경하는 어린아이처럼, 기의 머리칼을 바라보았다. 사선으로 떨어지는 빗줄기가 얼굴을 때렸다. 자꾸만 빗물이 눈으로 들어가, 시야를 가렸다. 눈이 쓰라렸다. 빗물을 닦아내고 싶었지만 팔이 들리지 않았다. 나는 움직이지 않는 팔을 바라보았다. 손은 내 것이 아닌 듯 멀찍이 놓여 있었다. 철썩, 소리가 희미하게 들렸다. 아픔은 잠시 후에 찾아왔다. 철썩. 나는 소리가 들리는 방향으로 고개를 돌렸다. 기의 눈동자가 일렁이고 있었다. 기의 작은 손이 내 볼을 사정

없이 후려쳤다. 약간의 시간차를 두고 아픔이 느껴졌다. 입에서 끊임없이 물이 흘러나왔다. 게처럼 거품을 물었다. 거품은, 이내 장기에서 솟구친 물들에 밀려 볼을 타고 흘러내렸다. 무슨 말인가 하고 싶었으나 목소리 대신 계속 물이 나왔다. 몸 안의 모든 물들을 밖으로 내보내기라도 하려는 듯 나는 끊임없이 물을 토했다. 물을 토하면 토할수록, 귀가 열렸다. 물고기가 된 장의 얼굴을 떠올리려 애썼으나, 소용없었다.

기는 허리에 밧줄을 동여매고 있었다. 죽을 뻔했어. 입모양이 그렇게 말하는 것 같았다. 수심은 어른의 키보다 약간 높은 정도였으나, 상류의 산과 가파른 계곡을 낙하하며 밀려온 물은 힘이 넘쳤다. 나는 강둑 구석에 처박혀 있었다. 물은 둑 위를 넘실대었으나, 내 몸은 물풀에 걸려 더이상 앞으로 나아가지 못했다. 나는 몸을 일으켰다. 내 양쪽 어깨를 잡고 있던 기가 함께 몸을 일으켰다. 기는 죄인인 양 무릎을 꿇고 있었다. 밧줄을 따라 시선을 옮기자, 그 끝에 커다란 우산을 든 군청 직원이 서 있었다. 그는 밧줄 끝자락을 손에 단단히 감아쥐고 있었다. 군청색 바지 끝단이 젖어 축 늘어졌다. 구두코에 빗물이 떨어졌다 튕겨나갔다. 나는 기를 바라보며 안에게 데려다달라고 말했다.

46

안은 맨발로 뛰어나왔다.

안은 창밖을 바라보고 있었다. 어째서인지는 묻지 않았다. 안은 빗방울이 마당으로 떨어지는 것을, 흙이 개구리알처럼 둥글게 부풀어올랐다 이내 꺼지는 것을, 빗물이 여러 갈래의 줄기로 나누어졌다가 다시 한 방향으로 흐르는 것을, 지켜보고 있었다. 안은 잘 여문 옥수수 열매 사이로 머리통을 들이미는 사내아이를 보았다. 옥수수를 훔치려는 줄 알았다. 그 뒤로 낯익은 남자가 바싹 붙어 들어왔다. 사내아이는 커다란 우산을 들고서, 남자에게 씌우는 둥 마는 둥 했다. 남자는 머리가 젖고 싶지 않은 듯 이리저리 우산을 따라 몸을 틀었다. 안은 군청 직원을 알아보았다. 안은 이내 눈을 비비며 창문에 바싹 다가섰다. 안은, 군청 직원의 등에 미역처럼 달라붙어 있는 나를 발견했다. 안은 곧장 문을 향해 달렸다.

군청 직원은 향수를 썼다. 물비린내 사이로 희미하게 장미향이 났다. 그의 등에 업히고 싶진 않았다. 하기 싫어도 어쩔 수 없이

하게 되는 일들이 차츰 늘어갔다. 그는 어째서 여자 향수를 쓴 걸까. 왜 팔다리가 움직이지 않는 걸까. 이미 메말랐다고 생각했는데, 어떻게 입에선 끊임없이 물이 나오는 걸까. 나는 그의 날갯죽지에 기대고 있던 턱을 떼어냈다. 그 자리에 생긴 동그란 물자국을, 간신히 고개를 들어 바라보았다. 나와 군청 직원을 위해 우산을 든 기는 걸음을 맞추지 못했다. 기는 너무 앞서 나가거나, 뒤떨어졌다. 우산은 무용지물이었다. 덜 자란 기는 나를 업을 수 없었다.

나는 수영장 안전망에 걸린 장의 얼굴을 떠올렸다. 장이 그린 바다 그림을, 밑바닥에 가라앉아 있던 소녀를 떠올렸다. 이제 되었다. 장이 부재하거나, 부재하지 않거나, 아무래도 상관없었다.

안의 발바닥과 발가락 사이사이 진흙이 파고들었다. 메마른 발등 위로 빗물이 떨어졌다. 습기에 뒤틀린 나무처럼, 열 개의 발가락이 모두 바깥으로 크게 휘어 있었다.

내 몸은 군청 직원의 등에서 안의 두 팔로 옮겨졌다. 마취총을 맞은 동물처럼, 나는 겨우 두 눈만 끔벅거릴 뿐이었다. 나는 점차 가까워지는 안과, 차츰 멀어지는 기를 번갈아 바라보았다. 기는 우산을 군청 직원에게 넘겨주었다. 뒤돌아서는 기의 허리엔 여전히 밧줄이 묶여 있었다. 길게 늘어진 밧줄이 꼬리인 양 힘없이 바닥에 끌렸다. 나는 기가 옥수수 울타리 너머로 사라진 후에도 한동

안 주인을 잃은 그림자처럼 안의 집 마당을 배회하는 밧줄을 바라
보았다. 팔다리가 힘없이 덜렁거렸다. 현관 앞 러그 위에 나를 내
려놓은 안이 욕실에서 수건 몇 개를 들고 나왔다. 젖은 머리칼을
닦았다. 팔다리를 강하게 주무르기 시작했다. 안의 손이 닿는 곳마
다 붉게 부풀어올랐다. 차츰 혈색이 돌자, 손끝 발끝부터 쥐가 올
랐다.

　왈칵 울음이 터졌다. 온몸이 지르는 비명 때문인지, 눈의 고통
은 덜했다.

　눈 안쪽에서부터 돌부스러기가 차오르는 것이 느껴졌다. 나는
울음을 꾹 참았다. 안에게는 보여주고 싶지 않았다. 입꼬리를 올리
며 입으로 웃어 보였다. 안은 몸을 닦던 수건으로 내 눈자위를 가
만히 눌렀다. 수건에서 생선 비린내가 진동했다.

　안의 입에서 새어나오는 입김이 얼굴에 닿을 듯했다. 안의 한숨
이 입술에 닿았다.

47

나는 그후로도 종종 물을 닦아주던 안의 손길과 텁텁한 담배 냄새가 뒤섞인 그의 입김을 떠올리곤 했다. 눈을 떠 바라본 안뜰, 바람결을 따라 국수가닥처럼 찰랑대던 빗줄기, 목이 꺾인 옥수수 줄기를 되새겼다.

비는 밤새 계속되었다. 태풍이 왔다. 창이 깨질 듯 쩡쩡 울렸다. 안은 창문에 젖은 신문지를 붙였다. 화분이 깨진 듯 마당에서 큰 파열음이 들렸다. 갑자기 무언가가 거세게 현관문에 부딪쳤다. 손잡이가 덜덜 떨렸다. 아마 탁자나 의자일 거야. 안의 목소리는 침착했지만, 신경이 날카로워진 듯 미간에 깊게 주름이 가 있었다. 안은 이내 마당에 둔 세간들을 포기했다. 나는 현관문과 작업대 중간에 서서 안절부절못하고 있었다. 안은 라디오를 틀었다. 음량을 최대로 올렸으나, 노래는 불분명한 주파수에서 흘러나오듯 잡음이 섞였다. 바람이 모든 소리를 압도했다. 창밖은 금세 어두워졌다. 바람의 그림자가 지나갔다. 그것이 내가 마을에서 본 마지막 비였다.

강은 범람하지 않았다. 벼가 거대한 소용돌이 모양으로 드러누운 모습은 장관이었다. 거대한 바위가 바람에 뽑혀나가 길 한복판을 차지하고 있었다. 트럭 운전사 둘이 달라붙어 간신히 한쪽으로 치울 수 있었다. 입간판들은 갈가리 찢어져 멀쩡한 것이 없었다. 장마가 끝났다. 그리고 폭염이 시작되었다.

태풍에 발이 묶였던 투숙객들이 밖으로 쏟아져나왔다. 움푹 파인 도로와 부서진 간판 사이를, 아이들은 소리를 지르며 뛰어다녔다. 아이들은 태어나 처음 햇빛을 본 듯 와아, 탄성을 질렀다. 애써 태양을 향해 고개를 쳐들어보았다. 손바닥을 넓게 펼쳐 차양을 만들었다. 몇몇 여자들은 재빨리 방으로 돌아가 미리 준비해온 챙이 넓은 모자를 챙겨 나왔다. 이왕 이렇게 된 거. 누군가 낚싯대 가방을 어깨에 두르며 읊조렸다. 그는 저수지 쪽으로 방향을 잡았다. 입고 있던 점퍼를 벗어 허리에 둘렀다. 더러는 가까운 강으로 갔다. 불어난 강물에서 온갖 악취와 비린내가 올라왔다. 밤사이 떨어진 나뭇잎과 함께 죽은 물고기들이 강물 위에 흰 배를 드러냈다. 흙이 가라앉지 않은 강은 붉고 더러워, 얼핏 피처럼 보였다. 그들은 한 방향으로 몸을 누인 잔디를 밟으며 강 입구를 빠져나왔다. 흰 운동화에 진흙이 잔뜩 묻어, 연방 시멘트 바닥에 발을 비볐다. 밖을 나선 지 채 한 시간이 지나지 않아서 마을 주변을 배회하던 투숙객들이 식당으로 속속 모여들었다. 날이 너무 더웠다. 습도는 그대로인 채 기온만 한껏 올라 있었다. 여행객들은 냉수를 들이켜며, 복구를 위해 동원된 군인들을 구경했다. 마을의 모습은 전후의 참상 같았다. 아이들은 처음 목격한 폐허의 풍경에 마음이 한껏 들떠 있었다. 무리지어 다니며 군인들 뒤를 졸졸 따랐다. 겁을 주고 물리쳐도 소용없었다.

뒤집힌 마을버스 주위에 군인 몇이 달라붙어 있었다. 양쪽에 서서 밧줄로 차체를 감고 있었다. 바로 세우려는 모양이었다. 쓰러진 방향에 선 군인들은 버스를 들어올리고, 반대쪽에 선 이들이 밧줄을 잡아당겼다. 차가 조금씩 들릴 때마다 부서진 창문 유리가 우수수 떨어졌다. 유리 조각들이 사방으로 빛을 반사시켰다.

그곳에 기와 군청 직원이 있었다. 둘은 군인들 뒤 사방으로 늘어진 밧줄을 붙잡고 있었다. 군청 직원이 밧줄을 허리에 감아 보이자 기가 배를 잡고 깔깔댔다. 나는 갑자기 얼굴이 화끈거렸다. 기와 그에게 고맙다고 말하려던 참이었으나, 가던 발길을 되돌렸다. 놀림받은 기분이었다. 군인들 뒤에 선 기는 자신이 군인이라도 된 듯, 앞가슴을 새처럼 부풀리고 있었다. 문득, 기는 소년병이 되고 싶었던 것일지도 모른다는 생각이 들었다.

48

부엌에서부터 들려오는 믹서 모터 소리에 잠자기를 포기하고는, 이내 자리를 털고 일어났다. 밤새 천장에서 쿵쿵 울리는 발소리와 아이들의 칭얼대는 소리에 잠을 이루지 못했다. 눈이 뻑뻑했다. 아이들은 가장 늦게 잠들고 가장 일찍 일어났다. 어릴수록 수면시간이 들쑥날쑥했다. 여관은 벽이 얇았다. 답답한 마음에 문을 나섰다. 삶은 콩 냄새가 복도에 가득했다. 허기가 몰려왔다. 한낮의 더위를 예고하는 듯, 새벽공기에서 불에 그슬린 종이 탄내가 났다.

복도 한가운데 어린아이 하나가 몸을 웅크리고 있었다. 일곱 살 가량 됨 직했다. 아이는 복도 벽에 낙서하는 중이었다. 지나치게 열중한 나머지, 가까이 다가가는 내 발소리를 듣지 못하는 듯했다. 복도 조명 아래 가장 밝은 곳에 자리잡은 아이의 상고머리 아래로 동그란 그림자가 졌다. 아이는 연필로 자신의 손바닥만한 크기의 여자를 그리고 있었다. 삼 등신의 여자는 발가벗고 있었다. 옆모습을 그리고 있어, 가슴이 한쪽밖에 없었다. 드러난 가슴은 여자의 머리통만했다. 아이는 여자의 음부를 새까맣게 칠하는 중이었다.

여자는 양쪽 다리를 기역자와 니은자 모양으로 꺾어 달리고 있었다. 곱슬머리가 용수철처럼 사방으로 튀어올랐다.

이 여잔 누구야?
여관 아줌마.
여관 아줌마가 왜 발가벗고 있어?

벗고 있었으니까. 아이는 여전히 벽에 고개를 갖다댄 채 퉁명스럽게 내뱉으며, 마지막으로 두툼한 입술을 그려넣었다. 그 말을 듣고 보니, 영락없는 여관 여자였다. 나는 방으로 돌아가 지우개를 가지고 나왔다. 이거 지우자. 걸리면 살아남기 어려울걸. 나는 잔뜩 눈에 힘을 준 뒤, 겁을 주듯 아이를 바라보았다. 아이는 울상이 되어 연필을 바닥에 내팽개쳤다. 카펫 덕분에 아무런 소리도 들리지 않았다. 나는 지우개로 두 발부터 지워나가기 시작했다. 벽 표면이 고르지 않아, 연필 자국이 남았다. 그림 속 여자는 젖꼭지가 유난히 크고 까맸다.

점심 메뉴는 콩국수였다. 어제부로 시작된 축제 덕에, 마을은 조금씩 활기를 되찾고 있었다. 복구는 관광객이 드나드는 시내를 중심으로 빠르게 진행되었다. 도로 보수는 야간에 이루어졌다. 목이 꺾인 가로등과 간판을 없애는 것만으로도 마을은 일상으로 되돌아온 듯 보였다. 강물은 빠른 속도로 수위를 낮추었다. 어차피

산사태로 무너진 집이나 태풍에 쓸려나간 논은 마을 주택가 깊은 곳에 있었다. 그것들은 복구 대상에서 한참이나 밀려나 있었으나, 타지 사람들이 그 사실을 알 리가 없었다. 수마가 할퀴고 간 상처를 딛고 일어섰다는 점에서, 축제는 사람들의 동정을 샀다. 관광객들은 조악한 가판대나 무대, 예년보다 턱없이 부족한 물고기의 숫자 따위를 너그럽게 받아들였다. 강변을 따라, 고성의 첨탑이나 되는 양 축제 위원회 이름이 크게 박힌 고깔 모양의 천막 수십 개가 도열했다. 말린 나물이나 버섯, 건사과 따위의 특산품들에서부터, 잡은 물고기를 즉석에서 구워주는 대형 석쇠와 바비큐용 화덕도 등장했다. 마을의 전통주와 회무침 시식회장 주변엔 대낮부터 술판이 벌어졌다. 강변 가장자리는 간이 화장실이 딸린 대형 주차장으로 변했다. 가까운 지역에서 관광버스를 전세하거나 자가용을 끌고 온 사람들이 대다수였다. 투숙객들은 일찍 여관을 나서, 근방의 오래된 절이나 태풍에 반수는 낙과한 사과밭을 구경 갔다가도, 점심시간이면 어김없이 식당으로 돌아왔다. 점심식사가 숙박료에 포함되어 있기 때문이었다.

콩국수를 먹지 못하는 아이들은 콩나물 냉국에 밥을 말아 먹었다. 식당은 면발을 씹거나 국물을 들이켜는 소리, 젓가락이 쇠그릇에 부딪치는 소리, 쟁반을 요란하게 탁자에 내려놓는 소리로 북새통을 이뤘다. 반찬 그릇에 나누어 담은 국수를 한 가닥씩 손으로 집어, 입에 넣고 오물대는 아이들이 있었다. 탁자 위에는 골라놓은 오이 조각과 방울토마토, 김칫국물이 섬처럼 떠 있었다.

기는 국수쟁반을 나르느라 눈코 뜰 새 없이 바빴다. 염소처럼 식당 구석구석을 날뛰는 모습은 기를 처음 보았을 때를 떠올리게 했다. 아줌마는 미리 담아놓은 면발 위에 콩국을 부었다. 채 친 오이와 절반으로 자른 방울토마토를 얹고 통깨를 뿌린 국수 그릇이 기의 쟁반 위로 오르는 데에 채 오 초가 걸리지 않았다. 기가 세 그릇씩 담긴 쟁반을 힘겹게 들어올렸을 때, 누군가가 식당 문을 거세게 열고 뛰어들어왔다.

불이다! 천막에! 불이 붙었다!

사람들은 얼굴이 땀으로 뒤범벅이 된 사내의 얼굴을 멀뚱히 바라보고 있었다. 입에 가져가던 국숫발을 마저 씹어 삼키며, 저 사내가 외치는 말이 무슨 뜻인지 되새김질하는 듯했다. 식당은 일순 찬물을 끼얹듯 고요해졌다. 불. 기가 갑자기 나르려던 쟁반을 쨍, 소리가 나게 내려놓았다. 불, 기는 그 말이 약속된 밀어라도 되는 양 식당 밖으로 뛰쳐나갔다.

49

천막에 불이 붙었다. 끝자락부터 둥글게 말리며 타들어갔다. 바람을 타고 불이 번졌다. 막사 안 기둥에 매달아놓은 알전구가 펑펑 터져나갔다. 화선지를 덧대어 만든 부채, 구석에 쌓아놓은 죽부인은 이미 재가 되어 있었다. 좌판, 메마른 잔디에도 불이 붙었다. 천막이 손에 손을 잡듯 서로 연결되어 있었기에, 불은 경주마처럼 주차장을 향해 질주해나갔다. 나물을 팔기 위해 좌판을 벌인 노인들이 엉덩이를 땅에 붙인 채 강 쪽으로 물러났다. 사내아이 하나가 노인의 양쪽 옆구리를 잡고 강 쪽으로 질질 끌었다. 누군가 도망치며 소복이 담아놓은 완두 바구니를 발로 걷어찼다. 올봄 수확한 마지막 햇완두가 공중으로 솟아올랐다. 이미 강가로 피신했던 노인 하나가 무릎걸음으로 다가가며 울음을 터뜨렸다. 바비큐 그릴에서 솟아오른 불길은 크고 밝았다. 소금을 뿌려두었던 생선들이 불타며, 고소한 냄새를 풍겼다. 강물에서 고기를 잡던 사람들은 뜰채를 들고 멍하니 불타는 광경을 바라보고 있었다. 물고기들이 손에서 벗어나, 다리 사이로 유유히 빠져나가는 것조차 깨닫지 못했다. 강 양쪽을 그물로 막아두어, 물고기는 어차피 멀리 도망갈 수도 없었다. 천막 아래에서 뛰쳐나온 사람들 역시 강물로 뛰어들었다. 아비의 등에 업힌 아이 등에 커다란 구두 발자국이 있었다. 누군가 양동이로 강물을 퍼다 뿌리자, 불길이 두 배로 커졌다. 등에 배낭을 진 젊은 남자 하나가 불길 근처에 다가갔다. 가방에서 담요를 꺼내 불을 잡기 시작했다. 담요로 불길을 내리치며 잔디 전체로 불이 번지는 것을 막으려 했다. 도망치던 사람들이 그를 말렸으나, 말을 듣지 않았다. 녹색 조끼를 걸친 행사 진행요원들이 엄청난 속도로 강을 건너 반대편 강변으로 도망치기 시작했다. 날은 덥고 건조했다. 누런 해가 천막 위에 떠 있었다. 불길이 태양에 닿을 듯 한없이 솟아올랐다. 그때, 엄청난 굉음이 들렸다. 전을 부치려 갖다둔 가스버너가 폭발했다. 다른 버너가 약간의 시차를 두고 폭발했다. 너덜너덜해진 담요를 들어올리던 젊은 남자의 몸이 공중으로 붕 떠올랐다가 바닥으로 내동댕이쳐졌다. 그는 구운 물고기 같았다. 강 한가운데 서 있던 사람들이 물속으로 고개를 처박았다. 폭발음이 축포라도 되는 양, 불길은 거센 파도처럼 더욱 크게 일렁였다. 국숫발 같은 연기가 사방에서 솟아올랐다. 대가리를 빳빳하게 든 뱀처럼 허공을 힘차게 갈랐다. 노인과 아이의 울음소리가 동시에 들렸다. 명이 다한 짐승처럼, 천막 구조물 하나가 풀썩, 내려앉았다. 서로 연결되어 있던 천막들이 저마다 비명을 지르며 차례로 무너져내렸다. 불은 시멘트로 된 주차장과 간이 화장실에는 미치지 못했다. 축제는 끝났다.

우리는 반대편 강변의 입구에 서서 서서히 잦아드는 불길을 바라보고 있었다. 식당에서 밥을 먹던 사람들은, 기가 쟁반을 놓고 뛰쳐나가자 하나둘 뒤를 따랐다. 모여든 사람들 중 누군가가 울음을 터뜨렸다. 무서워. 챙이 넓은 모자를 쓴 여자가 옆의 남자를 붙들고 울먹였다. 우리는 무사해. 남자가 여자를 다독였다. 불은 강을 건너지 못했다. 나는 불현듯, 불이 강을 건너고 다리를 건너, 마을을 삽시간에 태워버리는 광경을 떠올렸다. 강 한가운데 겁에 질린 채 미동도 못 하고 있던 사람들이, 하나둘 반대편 강변으로 건너오기 시작했다. 강을 건너던 남자 하나가 이끼 낀 자갈을 밟은 듯, 뒤로 벌러덩 넘어졌다. 그는 균형을 잃으며 넘어지지 않기 위해, 앞서 걷던 여자의 목덜미를 잡아끌었다. 무방비상태의 여자는 남자와 함께 뒤로 나자빠졌다. 수면에 큰 파문이 일었다. 물이 사방에 튀었다. 강변에서 불구경하던 아이 하나가 그 광경을 보고는 삿대질을 하며 큰 소리로 웃기 시작했다. 저거 봐, 엄마! 엄마로 보이는 여자가 손으로 아이의 입을 틀어막았다. 아이는 그 둘이 가까스로 몸을 일으켜 물을 벗어날 때까지 웃음을 멈추지 않았다.

나는 기를 바라보았다. 기의 눈동자 안에 불길이 가득했다. 기는 오랫동안 찾아 헤매던 보물을 마침내 찾아낸 탐험가처럼, 우여곡절 끝에 만난 연인을 바라보듯, 눈가가 촉촉이 젖어 있었다. 입가에 어렴풋한 미소를 지으며, 기는 혼잣말을 했다. 찾았다. 나는 그 말을 입 모양으로 알아보았다. 고개를 들자, 군락을 이룬 연기

가 비대한 몸체를 더욱 크게 부풀리고 있었다. 연기는 금방이라도
폭발할 듯 덜덜 떨어댔다.

50

강을 건너는 사람들이 있었다. 장마가 끝난 지 얼마 지나지 않아 예년보다 수심이 높았다. 연기 때문에, 부모의 등에 업힌 아이들의 눈가가 붉게 달아올라 있었다. 그들은 큰 보폭으로 걸었다. 물이 자꾸만 발목을 잡았다. 미처 챙기지 못한 모자와 짝 잃은 슬리퍼가 시체처럼 물 위를 떠다녔다. 강변과 가까워질수록 수심은 급격히 낮아졌다. 사람들은 푸른 이끼가 낀 돌계단을 조심스레 밟으며 차례로 물속에서 빠져나왔다. 그들의 뒤로 후광인 듯 불길이 일렁였다. 붉은 듯 푸른 얼굴이 그림 같았다. 반대편 강변에 남은 사람은 불을 끄던 청년뿐이었다. 강 가까이 나가떨어진 그를 구하기 위해 선뜻 나서는 사람은 없었다. 불길이 잦아들수록, 연기의 입지는 커졌다. 연기는 논을 침공한 메뚜기떼를 떠올리게 했다. 일사불란하게 대열을 정비하고, 신속하게 퍼져나갔다. 눈이 따가웠다. 멀리, 사이렌 소리가 들려왔다. 불구경 나온 사람들은 점차 가까워지는 그 소리에, 꿈에서 깨어난 듯 강변을 빠져나갔다.

강을 빠져나오자, 외벽 페인트가 허옇게 뜬 아파트단지가 보였다. 축제가 시작된 후 아파트 주민들을 보지 못했다. 축제 시작 전, 밤낮으로 농성을 벌이던 때와는 사뭇 다른 모습이었다. 용역업체가 한바탕 소동을 부린 탓인지도 몰랐다. 그러나 그간 겪어온 괴로움에 비하면, 그 정도 위협으로 겁을 먹을 리 없었다. 날이 환한 탓인지, 커튼 하나 없는 아파트 베란다 유리문 안쪽은 어둠에 휩싸여 있었다. 메마른 가지만 남은 대형 화분 몇 개가 내리쬐는 햇볕에 바싹 타들어갔다. 아파트 주변에는 기이한 적요가 맴돌고 있었다.

기와 나는 무리에 뒤섞여 있었다. 천막에서 대피한 사람들 몇과 함께였다. 그들은 불의 원인이 방화라 쑥덕였다. 앞다투어 사소한 근거들을 늘어놓았다. 방화. 나는 낯선 단어를 읊조려보았다. 우리는 자연스럽게 같은 보폭으로 걷고 있었다. 나는 발그레 얼굴이 달아오른 기의 팔뚝을 가만히 잡았다.

차디찬 손끝이 닿자, 기가 흠칫 놀랐다. 기의 팔은 양지바른 곳에서 자라난 들풀처럼 따듯하고 부드러웠다.

구해줘서 고마워.

나는 채 소란이 가시지 않은 상태에서, 말을 내뱉어버렸다. 며칠 동안 때를 기다리고 또 기다렸던 스스로가 우스웠다. 초라하게

느껴졌다. 기에게 무슨 말이든 하고 싶었던 것인지도 몰랐다. 기는
가만히 내 얼굴을 바라보았다.

형한테 말해. 형이 알려줬어.

군청 직원이었다. 기가 달리 설명하지 않아도 나는 알 수 있었
다. '형'을 발음하는 기의 목소리에 익숙함이 묻어났다. 나는 그런
기가 낯설었다. 가자. 기는 망설임 없이 내 손을 잡았다. 손아귀에
힘이 느껴졌다. 기의 몸이 이렇게 따스하고 활기 있었던가. 나는
빠르게 변화하는 기를 볼 때마다, 마음이 조금씩 닳아가는 것만
같았다. 기는 큰 보폭으로 걸었다. 우리는 텅 빈 도로 한가운데를
걸었다. 양옆으로 즐비한 건물들은 인기척이 없었다. 우리는, 이제
막 새로운 땅에 도착한 이주민처럼, 터를 다지고 가족을 이루어
이곳의 주인이라도 될 것처럼 당당하게 나아갔다.

그리고 얼마 후, 기는 첫번째 방화를 저질렀다.

51

안은 물이 귀한 곳에서 자랐다.

안은 향어의 몸체에 베이비파우더를 뿌렸다. 향어는 수온이 높고 물의 흐름이 적은 개흙이나 수심이 얕은 저수지에 살았다. 향어는 비늘이라 할 만한 것이 별로 없었다. 미끈한 몸통 가장자리에, 성에가 낀 창문에 찍힌 손가락 모양의 비늘 몇 개가 전부였다. 비늘이 없었던 탓에 물고기는 다량의 점액으로 몸을 보호했다. 지느러미가 잘 자란 사냥개의 털처럼 빛이 났다. 머리가 작고 단단했다. 향어는 몸을 적실 최소한의 물만으로도 생존 가능한 어종이었다. 조개나 물풀 등을 가리지 않고 먹어치웠다. 척박한 환경에 적응한 물고기는, 덩치가 크고 빨리 자랐다. 향어의 별명은 물돼지였다.

안의 고향은 가뭄에 강한 풀, 멀리서 보면 죽은 듯 보이는 작고 메마른 나무 들이 군락을 이룬 낮은 숲이 유일한 풍경이었다. 풀풀 날리는 모래바람을 맞으며, 안은 다섯 살 때부터 물 양동이를 날랐다. 비는 거의 내리지 않았다. 식물은 소량의 물을 온몸으로 빨아들여 내부에 꼭꼭 품었다. 수분을 쉽게 빼앗기지 않도록, 두꺼운 옷을 입었다. 어린 안은 봄꽃과 여름의 열매, 겨울눈을 보지 못했다. 하나의 풍경이 영원히 이어지는 것만 같았다. 하늘엔 구름한 점 없었다. 해만 있다 없다 했다. 안은 어릴 때부터 키가 컸다. 뼈대가 길고 부드러웠다. 안에게는 여동생이 둘 있었다. 여동생들은 안과 닮은 구석이 조금도 없었다. 까맣고 작은 얼굴에 커다란 눈동자만이 그렁그렁했다. 그는 주변의 누구와도 달랐다. 환경에 최적화된 육체를 지니고 태어난 마을 사람들은, 안을 이방인처럼 대했다. 안은 처음부터 이방인이었는지도 몰랐다.

비늘이 없는 향어는 어탁하기 까다로운 어종이었다. 붓자국이 남기 쉬웠고, 점액 때문에 물감이 잘 먹지도 않았다. 듬성듬성 남아 있는 비늘의 형태가 명확하지 않아, 극도의 섬세함이 필요했다. 안은 어린아이의 반듯한 앞머리처럼 결 고운 배지느러미를 잘라냈다. 잘라낸 배지느러미는 몸체 작업이 끝난 후, 따로 탁본을 떴다. 배지느러미는 물고기의 둥근 몸체 가장 안쪽에 붙어 있어, 함께 어탁을 뜨면 몸에서 떨어져나간 것처럼 보였다. 안은 어탁을 마친 물고기는 즉시 폐기했지만, 잘라낸 배지느러미만은 잘 말려 모아두곤 했다. 안의 작업대 서랍에는 수백 개의 배지느러미가 있었다. 향어는 가시가 적고 살이 두툼했다. 비린내와 진흙 냄새가 진동했다. 향어는 사십 년을 살았다.

안은 줄곧 돌아갈 고향을 생각했다. 본 적도, 들어본 적도 없는 고향을, 안은 상상했다. 자신과 비슷한 체구와 피부색, 성정을 가진 사람들의 무리 속에 뒤섞이는 모습을 그리며, 도무지 그 향이 익숙해지지 않는 민트 잎과 다디단 말린 과일을 씹어 삼켰다. 내가 고향을 물을 때면, 어머니는 황당하다는 얼굴로 나를 바라보았지. 그건 망상일 뿐이라고 했어. 안은 향어의 눈동자만을 남겨둔 채 손바닥에 홍건한 땀을 닦으며 말했다. 텅 빈 향어의 눈자위가 하얗게 빛났다. 향어는 눈이 먼 것처럼 보였다.

청년이 된 안은 집을 떠나 시내로 나아갔다. 오래된 성터 옆에 지어진 조악한 박물관 주변을 서성이며, 관광객들을 대상으로 사진첩을 팔았다. 그 안에는 지겹도록 보아온 모래성, 풀 한 포기 없는 민둥산, 정수리 위를 서서히 적시는 불그스름한 노을이 담겨 있었다. 운이 좋다면, 하루에 열 개도 팔 수 있었으나, 흔치 않은 일이었다. 안은 박물관 앞에서 입장권을 받거나, 내부에 진열된 썩어가는 신발, 깨진 귀고리 따위의 유래를 설명해주며 쌈짓돈을 챙겼다.

안은 어느 날 트럭을 몰고 나타난 한 남자를 만났다. 그는 트럭에 안이 태어나 한 번도 본 적 없는 물건들, 이를테면 변기 솔이나 색색의 때타월, 우의나 고무장화 따위를 잔뜩 싣고 있었다. 그 생경한 물건을 보는 순간, 안은 머릿속이 환하게 트이는 것 같았다.

남자에게 그간 모아둔 돈을 모두 주고 가까스로 트럭 옆자리를 얻을 수 있었다. 안은 태어나서 처음으로 1.5톤짜리 대형 트럭의 조수석에 앉아보았다. 차체를 뚫을 듯 쏟아지는 폭우와 부드럽고 얇은 잎을 가진 꽃들, 물이 가득한 과일을 맛보았다. 안은 그렇게 아버지를 만났다.

52

노인은 새벽이슬이 내리기 전, 집을 나섰다. 그는 마을의 폐휴지를 주워 팔았다. 늘 쓰레기 수거차보다 한 발 앞섰다. 먼 곳에서 밝아오는 해의 끝자락이 야산 꼭대기에 닿기 직전이었다. 그 시간엔 언제나 인적이 드물었다. 계절과 상관없이 습하고 기온이 낮았다. 여름에도 뼛속 깊이 한기가 스며들었다. 가장 밝은 빛 아래 놓인 그림자가 가장 짙은 색을 띠듯, 그때의 마을은 하루 중 가장 깊고 고요한 어둠에 둘러싸여 있게 마련이었다. 시장 골목을 누비며 각종 재활용품을 주워 리어카에 싣던 노인은, 입구 쪽에서부터 희미한 온기가 밀려오고 있음을 깨달았다. 그는 리어카에 쌓아올리던 사과상자를 바닥에 내려두었다. 온기의 꽁무니를 쫓아 발을 옮겼다. 가까이 다가갈수록, 온기는 크고 분명해졌다. 누군가가 그의 이름을 애타게 부르는 듯, 떠나기 직전의 열차를 잡기 위해 혼신의 힘을 다하듯, 노인은 달리기 시작했다. 그는 금방이라도 고꾸라질 듯했으나, 곧 팔을 앞뒤로 휘저어 균형을 잡았다. 골목을 돌아 나오는 순간, 노인은 타오르는 불의 끝자락을 보았다.

불은 여관 앞 전봇대에 쌓인 쓰레기더미에서 일었다. 불은 아담한 조경수 같았다. 규모는 작았지만, 골목을 환히 비출 정도로 밝게 타오르고 있었다. 연기가 곧게 하늘로 솟아올랐다, 벽에 부딪친 듯 사방으로 퍼져나갔다. 노인은 불 근처로 다가갔다. 그는 불 가까이 가만히 손을 대어보았다. 몸 안에 쌓아두었던 얼음이 조금씩 녹는 듯, 노인의 잔뜩 추켜올라간 어깨가 스르르 가라앉았다. 붉은 빛 덕분에, 열 살은 젊어진 듯했다. 탈 것이 얼마 남지 않았는지, 불은 서서히 사그라졌다. 코를 찌르는 연기가 오랫동안 골목에 머물렀다.

여관 옥상에 오른 기는 불이 태어나고 사라지는 광경을 지켜보았다. 불은 빠르게 몸을 키웠다. 태울 수 있는 것이라면 무엇이든 망설임 없이 손을 뻗었다. 제 할 일을 끝내고 난 후엔 겸허히 죽음을 받아들였다. 망설임 없이, 겸허하게. 기는 그러한 불의 속성이 마음에 들었다. 불은 들짐승보다도, 야생 민들레나 나팔꽃보다도 빠르게 태어나고 사라졌다. 사라진 후엔 사방에 악취를 풍겼다. 불에 그슬린 보도블록과 전봇대의 얼룩은 닦아도 지워지지 않을 것이었다. 불은 존재감이 대단했다. 기는 불을 다루고 싶어했다. 원하는 만큼의 크기로 몸체를 키우거나 줄이고, 지속시간을 영원에 가깝게 늘리고 싶었다. 기는, 아직 길이 들지 않은 명마를 마주한 듯 기대에 찬 눈으로 불을 바라보았다. 기는 불현듯 군청 직원이 자신에게 했던 말을 떠올렸다. 너는 정말 대단해, 기. 너의 미래는 밝아. 기는 불에서 미래를 보았다. 이것이 기가 나에게 들려준 불에 관한 첫번째 무용담이었다.

축제 막사가 화재로 전소된 지 보름이 지났으나, 군청은 아직도 그 원인을 찾지 못하고 있었다. 강변은 불에 그슬린 채 방치되었다. 폭격을 맞은 듯 아스팔트가 깨지고 곳곳이 움푹 파였다. 잔디가 모두 불에 타, 붉은 흙이 그대로 모습을 드러냈다. 누구도 그곳에 가까이 다가가려 하지 않았다. 출처가 불분명한 소문만이 떠돌았다. 사람들은 군청에 앙심을 품은 아파트 주민들 중 하나가 벌인 일일 것이라 쑥덕였다. 증거는 없었다. 화재사건이 차츰 사람들의 뇌리에서 잊힐 즈음, 여관 앞에서 일어난 작은 불 때문에, 마을엔 다시금 소란이 일고 있었다. 기억 너머로 사라지려 했던 화재의 참상이 조금씩 되살아났다. 사람들은 아침부터 불에 탄 전봇대 앞에 모여, 그날 도망치다 넘어져 발목을 밟혔던 일이며, 폭발한 휴대용 버너의 쇳조각이 귓가를 스쳤던 아찔한 경험들을 들추어내기 시작했다.

기는 그곳에 있었다. 아무 관심 없는 듯 식당 앞 계단에 앉아, 아침부터 아이스크림을 빨았다. 기는 불에 관련된 것이라면 무엇이든 알고자 했다. 아이스크림은 금세 녹아 기의 손등을 타고 바닥으로 뚝뚝 떨어졌다. 기는 모여든 마을 사람들에게로 신경을 곤두세우며, 손등을 혀로 핥았다. 목뒤가 끈적끈적했다. 조금만 움직여도 금세 겨드랑이에 땀이 찼다. 폭염이 계속되고 있었다.

53

형이, 나는 대단하다고 했어. 미래가 밝대.

대단하다고? 뭐가?

목표의식.

목표의식?

목표가 확실한 게 부럽대. 형은 겁이 많거든.

기는 정수리로 곧게 떨어지는 햇빛 아래서도 눈을 찡그리지 않았다. 하루가 다르게 녹음이 짙어지는 나뭇잎처럼, 기는 생기가 흘렀다. 흰 피부가 햇볕에 그을려 붉게 달아올라 있었다. 앞머리가 길게 자라 자연스레 가르마가 졌다. 가늘고 색이 옅은 머리칼이 새의 솜털처럼 가볍게 부풀어올라 빛을 머금고 있었다.

우리는 강변에 다다랐다. 무리를 이루어 이동하는 등 푸른 물고기떼처럼, 완만한 곡선을 그리는 물결의 잔등이 눈부셨다. 속살을 드러냈던 붉은 흙이, 어린아이의 볼에 핀 버짐처럼 허옇게 메말라 있었다. 듬성듬성 새잎이 돋았다. 여러 차례 겹쳐진 구두 발자국이 있었다. 우리는 다리 위에 성큼 올랐다. 매미 울음소리가 어느새 익숙해져서 더이상 거슬리지 않았다. 한낮의 볕을 받아 잔뜩 긴장한 나무판이 요란한 소리를 냈다. 철제 난간에 손을 대자, 불에 덴 듯 뜨거웠다.

왜 매일 그 집에 가지?
글쎄.
늙었잖아. 미래가 없다고.
안은 좋은 사람이야.
곧 죽을 텐데?

나는 발끈했다. 기에게, 안은 그렇게 늙지도 않았고, 설령 늙었다 해도 금세 죽는 것은 아니라고 말하고 싶었다. 죽는다, 는 말을 내 입으로 다시 내뱉고 싶지 않아, 그만두었다. 기의 경솔한 말이 어떤 징조가 될까 두려웠다. 대신, 나는 다리의 끝에 이르러 걸음을 멈췄다. 기를 바라보고는, 잘 가, 라고 말했다. 내 목소리는 다소 냉랭했지만, 기가 눈치챈 것 같지는 않았다. 우리는 양 갈래길 앞에서 헤어졌다. 기는 뒤를 돌아보는 법이 없었다. 나는 아스팔트 바닥에 발을 질질 끌었다. 양쪽 운동화 뒤축이 각기 다른 모양으로 닳아 있었다. 늙은 안. 안은 늙었다. 사실이었다.

현관문을 열자마자, 안의 작업대로 눈길을 주었다. 안은 그곳에 없었다. 작업대 위에는 어탁에 쓸 물고기와 대하, 키조개 따위가 가지런히 놓여 있었다. 나는 안을 불렀다. 화장실 문은 열린 채 비어 있었다. 거실에도, 부엌에도 없었다. 안은 물고기를 올려두고 자리를 비우는 법이 없었다. 덜컥 겁이 났다. 기가 내뱉은 말 때문이었다. 안의 방을 향해 걸었다. 문이 손가락 두 마디만큼 열려 있었다. 한 발짝 더 다가갔다. 심장이 뛰는 소리가 귓가에 울려왔다. 그 소리가 너무나 커 귀를 막고 싶었다.

안은 옷을 갈아입고 있었다. 양팔을 교차시켜 내내 입고 있던 민소매 내의의 아랫단을 잡아 위로 끌어올렸다. 침대 위에는 정사각형 모양으로 개어놓은 새 내의가 있었다. 새것에 비해 약간 누렇게 변색된 내의가 팔을 따라 둘둘 말려올라갔다가, 안의 정수리를 빠져나왔다. 안의 등이 형광등 불빛 아래 여실히 드러났다. 메마른 등 위에, 푸른 반점들이 가득했다. 큰 것들, 작은 것들, 동그랗거나 찌그러진 반점들이 온 등을 뒤덮고 있었다. 곳곳에 진물이 잡혔다. 검붉은 손톱자국이 곳곳에 사선으로 남아 있었다. 어탁 위에 내려찍은 푸른 솜방망이 자국처럼, 서로 명암을 달리한 반점들이, 그곳에 있었다.

툭 튀어나온 양쪽 어깻죽지가 퇴화된 날개처럼 팔이 움직이는 방향을 따라 움직였다. 나는 조용히 뒷걸음질쳤다.

오늘은 눈 그리는 법을 알려줄게.

셔츠의 깃을 정리하며, 방을 빠져나온 안이 말했다. 안은 양쪽 소매를 두어 번 접어올리며 나에게 작업대 가까이 다가오라 손짓했다. 나는 반 발짝씩 걸음을 옮겼다. 다리 위에서의 기의 목소리가 자꾸만 귓가에 울렸다. 안은 책상에 바로 앉아, 세필을 수직으로 들었다. 접은 소맷단 아래로, 푸른 반점이 화선지 위에 잘못 떨어진 물감처럼 번져 있었다. 안은 병들어 있었다.

54

안과 나는 마당 탁자에서 수박을 먹고 있었다. 지난 태풍에 대나
무발이 죄다 뜯어지는 바람에, 안은 궁여지책으로 색이 어두운 비
닐 천막을 지붕에 얹어놓았다. 천막은 얇고 가벼웠다. 햇빛도 바람
도 온전히 막지 못했다. 천막 끝자락이 바다 한가운데 이마를 들이
미는 배의 돛처럼, 요란한 소리를 내며 쉼 없이 흔들렸다. 천막 그
림자가 물결무늬를 그리며 안색이 좋지 않은 안의 얼굴을 반으로
나누었다. 안의 얼굴에 빛과 그림자가 졌다. 움푹 꺼진 눈두덩 주변
이 불그죽죽했다. 그 모습이 안의 미래인 것 같아 마음이 무거웠다.

끝물인가보다. 수박이 싱겁네.

부채꼴로 자른 수박은 그 모양새가 제각각이었다. 조직이 성겨
가뭄이 든 땅처럼 갈라졌다. 안은 수박의 속살만을 손으로 떼어
가만히 입에 넣었다. 메마른 볼 거죽이 위아래로 천천히 움직이다
이내 멈췄다. 눈초리를 따라 검버섯이 피어 있는 것을 그제야 발
견했다. 푸른 입술을 잔뜩 오므리고, 수박씨 몇 개를 손바닥에 뱉

어냈다. 탁자 한쪽 모서리에 수박씨를 내려놓았다. 손바닥에 붙어 잘 떨어지지 않자, 손을 탁자에 툭, 툭 쳤다. 금세 손이 떨리기 시작했다. 안은 손을 탁자 밑으로 숨겼다. 나는 안의 입술에서 미처 닦아내지 못한 수박씨 하나를 보았다. 어린 수박씨는 납작하고 노란빛을 띠었다. 달기만 한데. 나는 안의 입술에서 시선을 떼어냈다. 탁자 위를 줄지어 지나는 개미들이 있었다. 동그란 개미들의 머리통 위에도, 빛은 내려앉았다. 탁자에 떨어진 수박 부스러기를 힘겹게 들어올리고, 군데군데 생긴 수박 물웅덩이를 가까스로 피하며 집으로 돌아가는 개미의 행렬이 있었다.

마당 한가운데 가장 밝고 고운 볕이 드는 동그란 자리를 바라보고 있자니, 문득 아버지의 트럭이 떠올랐다. 낡은 트럭 보조석에 앉아 차창 밖으로 머리를 들이밀던 때를 생각했다. 누구도 사지 않을 것 같은 잡동사니를 가득 실은 트럭을, 운전석 쪽거울에 달린 작은 복조리를, 갓길에 피어난 희고 붉은 코스모스와 한밤중 트럭 불빛을 향해 달려들던 고라니 한 마리를 떠올렸다. 횡재했네. 죽은 고라니의 뒷다리를 잡아 질질 끌며 사람 좋은 얼굴로 웃어 보이던 아버지를 떠올렸다. 그 조수석에 앉아, 모든 게 신기하다는 듯 눈동자를 이리저리 굴렸을 젊은 안을 떠올렸다. 본 적도 들은 적도 없는 고향을 찾아 헤맸을 순진무구한 얼굴은 잘 상상이 되지 않았다. 안과 나는 조수석 동지였다.

교실에 불을 질렀어.

기의 목소리는 힘이 없었다. 불을 다루는 것에 능숙해진 기는 탈 만한 것들을 모아다 옥상 구석에 모닥불을 피웠다. 플라스틱이 섞여들어갔는지, 연기가 지독했다. 나는 불에서 멀찍이 떨어져 앉았다. 기의 주머니엔 여관 투숙객들의 분실물 대신 성냥과 라이터가 가득 들어찼다. 출처가 모두 다른 성냥갑들, 호프집, 당구장, 통닭집의 상호가 적힌 라이터들, 기차를 타고 꼬박 여섯 시간은 족히 걸릴 지방의 지역번호가 적힌 라이터들이 기의 주머니 안에 모여 있었다.

기는 여관 앞 쓰레기더미를 시작으로, 적당한 시간 간격을 두고 크고 작은 불을 질렀다. 기는 학교 운동장의 기념식수에 불을 붙였다. 타오르는 나무를 먼발치서 바라보며, 연말이면 TV 채널에서 앞다투어 방영해주던 종교영화의 한 장면을 떠올렸다. 마을 어귀 공중전화박스가 통째로 불탔다. 방화범 앞으로 현상금이 붙었다. 그러나 사람들은 범인을 찾지 못했다. 누구도 기가 불을 질렀으리라 예상치 못했다. 기가 미더워서가 아니라, 존재감이 없었던 탓이었다. 기에게는 조력자도 있었다.

불을 질렀는데, 갑자기 엄청난 사이렌이 울리더니, 천장에서 물이 떨어지기 시작했어. 천장 여기저기서 물이 쏟아졌어. 비가 내리지도 않았는데.

　기는 서랍에 넣어둔 아이들의 교과서와 문제집, 체육복 들을 한
데 모아 불을 질렀다. 연기가 피어오르자, 자동으로 살수장치가 작
동했다. 기는, 그런 큰 건물엔 의무적으로 살수장치가 설치되어 있
다는 사실을 알지 못했다. 기름을 구했어야 했는데. 목소리에서 아
쉬움이 묻어났다. 기는 아직도 사이렌 소리가 귓가에 울리는 것
같아 가슴이 뛴다고 했다. 다행이다, 불타지 않아서. 나는 기가 들
으라는 듯 제법 큰 소리로 말했다.

　너 붙잡힐 거야.
　괜찮아.

　기는 불이 서서히 잦아들어가는 것을 보고는, 자리를 털고 일어
났다. 여관 주인 여자가 볕이 잘 드는 곳을 골라 널어놓았던 표고
버섯더미를 들고 오더니 불 속에 털어넣었다.

55

시간이 흘렀다.
여름이 발을 끌며 더디게 지나갔다.

56

어탁본의 물고기는 언제나 눈동자에 빛을 머금고 있었다. 흰 점으로 표현된 빛의 위치가 탁본 속 물고기의 시선을 결정지었다. 빛이 없다면, 물고기는 죽은 것처럼 보였다. 이미 죽은 물고기를 종이 위에 되살리는 것은 그 빛, 그 흰 점에 달려 있었다. 물고기는 대략 삼십 센티미터 전방의 사물까지 볼 수 있었다. 수심이 얕은 곳에 살수록 시력이 좋았다. 물고기는 정수리 부근에 숨겨진 눈을 하나 더 갖고 있었다. 그것으로 적의 빛과 그림자를 구분했다. 물고기는, 눈꺼풀이 없었다. 눈꺼풀이 없었으므로, 눈은 늘 물속에 노출되어 있었다. 젖은 눈은 눈물을 흘릴 필요가 없었다.

기와 나는 잎의 끝부분부터 누렇게 말라가는 옥수수밭 앞에서 마주 보고 있었다. 마른 옥수숫대 사이로 잡초가 무성하게 자라났다. 넝쿨이 옥수숫대를 붙잡고 공중으로 손을 뻗었다. 안이 더이상 집을 돌보지 않은 이후로, 담은 하루가 다르게 두껍고 높아져갔다. 잠든 공주를 구하는 기사처럼, 나는 그 성벽을 뚫고 안에게로 갔다. 새벽녘의 서늘함으로, 어깨에 닿을 듯 길게 자란 기의 머리칼로, 한 계절이 지나고 있음을 알 수 있었다. 나는 안을 대신해 어탁 의뢰를 받았다. 아직 작업이 능숙지 못해, 안은 물고기의 종에 따라 의뢰를 수락하거나 혹은 거절했다. 작업을 마치면 안에게 검사를 받았다. 탁본을 안에게 가져갈 때마다, 잔뜩 긴장해 손에 땀이 흥건했다. 몇 번이고, 안의 마음에 들 때까지 탁본을 떴다. 안은 엄격하고 칭찬에 인색한 선생님이었다.

나는 더이상 기의 일에 참견하는 것을 그만두었다. 우리는 각자의 일에 골몰했다. 일을 마치고 집으로 돌아갈 때면, 군청 직원의 자전거 뒷자리에 타고 숲으로 난 오솔길을 달리는 기의 뒷모습을 목격하곤 했다. 전등이 달린 안전모를 쓴 두 사람은 쌍둥이 같았다. 두 개의 불빛이 서로 다른 방향에서 깜박였다. 나는 일부러 알은체하지 않았다.

기는 속이 빈 수숫대처럼 길고 병약하게 자라났다. 여관 옥상에서, 이끼로 뒤덮여 건널 때마다 목 뒤가 바짝 곤두서는 돌다리를 건너며, 금방이라도 무너질 것만 같은 안의 집 앞에서, 우리는 종종 만났다. 기가 군청 직원에게서 전해 들은 마을의 소식이며 다소 과장된 자신의 근황을 전하면, 나는 조용히 듣기만 했다. 큰일을 하려면 힘을 아껴야 한대. 무언가를 배워나가는 기의 모습이 낯설었다. 모든 질문은 기로부터 나왔다. 우리의 역할은 어느새 바뀌어 있었다. 관계는 늘 변화하는 것이라고, 안은 말했었다. 나는 이제야 그 말을 이해할 수 있었다.

안은 하루에 두 시간가량 일을 했다. 사람의 몸은 일회용 건전
지와 같아서, 언젠가는 힘이 다할 때가 온다고 했다. 그러니까 아
껴 써야지. 안의 목소리가 기의 말과 겹쳐 들렸다. 안은 낙관에 쓸
전각을 새기고 있었다. 작업대 의자에 엉덩이 끝만 간신히 걸치고
앉아 등을 둥글게 만 뒷모습이 오래된 그림 같았다. 안이, 나무에
내 이름을 새기고 있었다. 글자의 모양새가 날개를 접은 새를 닮
아 있었다.

57

언젠가 사전에서 흥망성쇠라는 단어를 본 적이 있다. 나는 여관의 흥망성쇠에 관해 생각했다. 여관이 흥했던 때를 떠올려보았다. 방이 없어 몰려드는 손님들을 물리치며 곤혹스러워하던 아줌마를, 티셔츠를 뒤집어 입은 줄도 모르고 일손이 모자라 온종일 뛰어다니던 그 얼굴을, 짜증과 활기를 동시에 드러내던 그 표정을 되짚어보았다. 여관은 쇠락하고 있었다. 장기방엔 나와 401호 남자만이 남았다. 관광객의 발길도 끊긴 지 오래였다. 날이 제법 쌀쌀해졌음에도 불구하고 아줌마는 보일러를 틀지 않았다. 온기를 잃은 방들이 늘어났다. 그러나 아줌마의 얼굴은 시간이 지날수록 해사해지고 있었다. 아줌마가 임신했다. 노산이었다. 여관과 아줌마의 흥망성쇠는 별개의 것이었다. 나는 안의 흥망성쇠를 생각했다. 기의 흥망성쇠를, 나의 흥망성쇠를 생각했다. 우리는 흥과 망, 성과 쇠 중, 어느 길목에 있는 것일까.

이것은 무엇에 쓰는 물건입니까?

젊은 안은 긴 손잡이가 달린 압축기를 들어 보이며 말했다. 젊은 아버지는 팔꿈치를 운전대 위에 걸치며 안을 힐끔 쳐다보았다.

변기 뚫는 거. 똥 때문에 구멍이 막히면 물이 안 내려가거든.

안은 의아하다는 듯 눈을 동그랗게 뜨고 재차 물었다.

물이 가지 못하는 곳도 있습니까?

안은 태어나서 처음으로 휴게소에 가보았다. 처음으로, 서서 국수를 먹었다. 어떤 길은 돈을 내고 지나야 한다는 사실을 배웠다.

둘은 바닷가에 도착했다. 마을은 작고 아담했다. 집집마다 뜰한쪽 구석에 동백을 키웠다. 밀물 때면 마당까지 바닷물이 차오르는 집이 있었다. 바다는, 좀 부담스러운데요. 이곳에 터를 잡는 것이 어떻겠느냐 권하던 아버지의 말에 안이 대꾸했다. 안은 점퍼 주머니에 손을 찔러넣고 트럭 조수석으로 돌아갔다. 앉아서도 깊게 자는 법을 배웠다. 조수석에서 자는 것이 버릇이 된 안은, 오랜 시간이 지난 후에도 여전히 의자에 앉은 채로 잠이 들곤 했다.

안은 작은 소나무숲과 폭이 넓진 않지만 끝없이 길게 이어진, 마을 한가운데를 가로지르는 강이 있는 마을이 마음에 들었다. 공

기는 청량감이 넘쳤다. 곳곳에 들풀과 꽃이 자랐다. 마을은 풍요로
웠다. 안은 아버지와 결별한 후 한동안 여관에서 묵었다. 주민들은
다들 웃음에 인색하고 화가 난 듯한 표정이었다. 그러나 안은 이
곳이 좋았다. 마을의 주택가에 집을 얻었다. 사람들은 여전히 안에
게 인색하게 굴었다. 안은 이곳을 고향으로 여겼으나, 사람들은 안
을 타지 사람으로 기억했다. 안은 어디서고 외톨이였다. 신년이면
아버지가 알려준 집주소로 연하장을 보냈다. 안은 예의가 발랐다.
아버지의 나이도 모르면서 형님, 이라고 불렀다.

　　안의 집은 텅 비어 있었다. 집 안의 모든 살림이 제자리에 있었
다. 있어야 할 자리에, 있던 자리에 없는 것은 안뿐이었다. 물감을
사러 시내에 나갔는지도 몰랐다. 낚시동호회나 어탁연구회 모임에
얼굴을 잠깐 보이러 나갔을 수도 있었다. 나는 주머니에 손을 집
어넣어 열쇠를 만지작거렸다. 열쇠와 함께 작은 천주머니가 손끝
에 닿았다. 주인이 없는 집은 시간이 멈춘 듯 적요만이 맴돌았다.
나는 안의 방으로 들어갔다. 장롱을 열었다. 각을 잡아 접어놓은
작업용 티셔츠와 청바지, 셔츠의 개수를 세어보았다. 바지와 셔츠
가 하나씩 모자랐다.

　　아버지가 오실 거야.

　　안이 복조리 모양의 작은 주머니를 건네며 내게 말했었다. 단단

하고 따듯한 나뭇조각의 감촉이 느껴졌다. 주머니를 열어보지 않아도, 나뭇조각에 양각된 내 이름을 떠올릴 수 있었다. 나는 침대 위에 몸을 뉘어보았다. 베개에서 안의 머리 냄새가 났다. 안이 사라졌다.

58

나는 안의 집에서 한철을 보냈다. 그의 집 창문으로, 방향을 바꾸어 부는 바람과 자연사한 옥수숫대, 죽은 잎을 양분 삼아 자라나는 야생초들과 드문드문 피어나는 가을꽃을 보았다.

날이 가물어, 마당에 내다놓은 화분들이 말라 죽었다. 나는 줄곧 집 문밖에 나서지 않았다. 한밤중 식당 부엌에서 주인 여자와 마주친 이후, 나는 여관을 나왔다. 여자는 냉장고 문을 열어둔 채 그 불빛에 의지해 반찬을 집어먹고 있었다. 플라스틱 밀폐용기를 한 손으로 끌어안은 여자의 입으로 토란 나물이 쉴새없이 들어갔다. 나는 점점 불러오는 그녀의 배와 출렁이는 유방을 더이상 보고 싶지 않았다. 임신한 주인 여자가 낯설고 불편했다.

나는 창문을 바라보며, 사라진 안과 돌아온다던 아버지를 기다렸다. 둘 중 누구도 집 대문턱을 넘지 않았다. 한 계절이 다른 계절에게 자리를 내어준 것을 제외하고는 어떠한 일도 일어나지 않았다. 창밖에 철삿줄을 사방으로 휘두르며 마당으로 들어서는 기가 보였다.

누군가가 돌아오리라 믿었던 것은 아니었다.

도서관이 완공되었다. 불빛이 지나치게 환해, 근방의 폐가를 고루 비췄다.

기는 반대편 손에 들려 있던 비닐봉지를 바닥에 내려놓았다. 주인이 없는 집에, 기는 종종 발을 들였다. 잡초가 무성한 울타리를 지날 때마다, 습관적으로 풀을 잡아뜯었다. 발로 짓밟아 입구를 만들었다. 짓이겨진 풀에 기의 발자국이, 그 위에 다시 발자국이 찍혔다. 집 안으로 들어서는 기의 운동화에서 풋내가 났다. 기는 발끝에 걸린 운동화를 획 던졌다. 운동화가 죽은 벌레처럼 뒤집어졌다. 여러 번 꼬아 만든 철삿줄이 발판 위로 떨어졌다. 나는 언젠가, 집 마당까지 따라온 떠돌이 발바리를 그 철삿줄로 마구 때려 내쫓는 기의 모습을 본 적이 있었다. 기가 한 발 한 발 내디딜 때마다 발가락 틈에 끼어 있던 모래알갱이들이 바닥으로 떨어졌다.

들어오기 전에 발판에 발 좀 닦아줄래.

기는 없는 사람처럼 지냈다. 경비가 삼엄해, 더이상 불을 지르지 못했다. 마을이 생겨난 이래 처음으로, 시내와 주택가에 방범초소가 들어섰다. 마을 사람들은 방화범 때문에 인심이 흉흉해졌다고 불평했다. 그러나 불이 나기 이전에도 마을의 인심이 그다지 후한 편은 아니었다고, 나는 기억했다. 마을 사람들이 타지인을 대하는 방식은, 안이 처음 이곳에 흘러들어왔을 때와 별반 달라지지 않았다. 여관은 사실상 폐업상태였으므로, 기 역시 더는 여관에 출근할 필요가 없었다. 그러나 기는 매일 여관으로 갔다. 주인 여자의 잔심부름을 하며 잔반을 얻어갔다. 기의 처지는 처음으로 되돌아가 있었다. 이름이 너무 많아, 진짜 이름이라 할 만한 것이 없던 시절, 떠돌이 잡종견과 같았던 때로.

기는 내 말이 입에서 떨어지자, 허둥지둥 뒷걸음질쳤다. 발판 위에 올라가 발바닥을 비벼댔다. 교복 바지 아래로 복사뼈가 툭 튀어나와 있었다. 주변이 때가 낀 듯 불그죽죽했다. 기의 다리 길이에 비하면 터무니없이 짧은 바지가 우스꽝스러워 보였다. 나는 우스꽝스러운 기의 모습에 불쑥 짜증이 일었다. 기는 어째서 이곳으로 찾아오는 것일까. 먹은 것이 없어, 입을 여는 것조차 쉽지 않았다. 기가 비닐봉지를 열어 일회용 도시락을 탁자 위에 올려놓았다. 여러 번 씻어 쓴 듯 플라스틱 통의 모서리가 우그러져 있었다. 젓갈 냄새가 훅 끼쳤다. 비위가 상했다. 나는 자세를 바꿔 의자에 바투 앉았다. 기에게는 생활의 비루함이 껍처럼 달라붙어 있었다. 안의 작업대는 여전히 조금 높았다.

나는 안을 대신해, 근근이 들어오는 어탁 의뢰를 받고 있었다. 돈은 받지 않았다. 안이 했던 방식을 그대로 따랐다. 솜방망이를 쥐던 안의 독특한 손 모양, 조색의 취향, 잘라낸 배지느러미를 모아두던 습관을 답습했다. 어탁이 완성된 후엔, 내 것이 아닌 안의 전각을 찍었다. 나는 안에 대한 기억을 하나하나 반추해나갔다. 사라진 안은, 함께했을 때보다 소중하게 느껴졌다. 안은 어탁을 할 때에야 비로소 내 기억 속에서 온전히 되살아났다.

거실 탁자에 엉덩이를 걸치고 있던 기가, 갑자기 내 쪽으로 성큼 걸어오기 시작했다. 마룻바닥이 뒤틀리며 크게 울었다. 다가온 기가, 의자 팔걸이를 잡고 세게 돌렸다. 기의 눈동자가 성큼 앞으로 다가왔다. 순간, 눈앞이 번쩍였다. 내 몸이 작업대 쪽으로 완전히 밀려났다. 기가 내 뺨을 후려쳤다. 몸을 일으켜세우려다, 작업 중이던 탁본에 손이 닿았다. 아직 마르지 않은 종이 위에 손자국이 난 것을 본 순간, 화가 치밀었다. 나는 몸을 일으켜 내 앞에 서 있는 기의 뺨을 있는 힘껏 쳤다. 숨이 가빠왔다. 분이 풀리지 않아, 타오를 듯 얼굴에 열이 올랐다. 나는 주먹으로 기의 뺨을 한 대 더 쳤다. 기가 말했다.

가자.

나는 눈을 질끈 감았다.

59

불은 구유에서 시작되었다.

나는 그 구유를 알고 있다. 기는 그 구유가 달린 헛간에서 다시
태어났다. 사흘간 늙은 암소 곁에서 잠을 잤다. 벼룩이 잠든 기의
몸을 파고들었다. 온몸이 뜯겨 붉게 달아올랐으나 기는 잠에서 깨
어나지 않았다. 기는 처음으로, 그렇게 깊은 잠을 잤다. 늙은 소는
노인이 죽고 얼마 지나지 않아 아사했다. 기는 소에게 여물을 주
지 않았다. 구유는 늘 텅 비어 있었다. 늙은 소는 몸을 일으킬 기
력이 사라질 때까지 빈 여물통을 연방 혀로 핥곤 했다. 노인의 움
푹 파인 눈두덩 같은 구유와 소의 동공을 닮아 어둡고도 어두운
헛간을 바라볼 때면 기는 몸서리가 쳐졌다. 기는 다시 태어난 그
곳이 무서웠다. 까닭 없이 무서운 것이 더욱 무서워, 기는 그곳을
벗어나지 못했다. 기는 때때로 헛간 한가운데 우두커니 서 있는,
자신과 꼭 닮은 소년을 목격하곤 했다. 기는 차츰 자라났으나, 소
년은 늘 처음과 같았다. 기는 그 간극이 무서웠다. 기는, 이제 막
구유에 불을 붙였다. 안쪽에 핀 푸른곰팡이, 썩은 빗물 때문에 불

은 쉽게 번지지 않았다. 볏짚을 잔뜩 구해, 새로운 가축을 들이듯 정성스레 바닥을 닦았다. 바싹 마른 장작을 켜켜이 쌓았다. 불이 금세 천장과 헛간 내부에 이르기를 바랐다. 불이 붙은 나뭇가지 하나를 꺼내 헛간에 던져넣었다. 집을 떠나며, 옷을 벗어두고 온 사람처럼 자꾸 뒤를 돌아보았다. 불타는 헛간 안에서 손을 흔드는 어린 기가 있었다.

불이 바람을 타고 이곳에서 저곳으로 옮아갔다.

나는 기를 기다리며, 기가 두고 간 도시락을 꺼냈다. 일회용기 뚜껑 한가운데에 버섯 그림과 함께 마을의 이름이 인쇄된 스티커가 붙어 있었다. 나는 그 스티커를 조심스레 뜯어, 안의 작업대 위에 붙였다. 스티커 한가운데에 깊게 주름이 잡혔다. 버섯은 화가 난 듯 보였다. 뚜껑을 열자, 잡채에서 쉰내가 올라왔다. 감자볶음에 김칫국물이 붉게 물들어 있었다. 나는 단단하게 달라붙은 밥을 젓가락으로 잘라내어 입에 넣었다. 밥을 곱씹고 또 곱씹어보았다. 잡채를 입안 가득 집어넣었다.

기는 군청 직원에게 빌린 자전거를 타고 주변을 한 바퀴 돌았다. 우유 바구니에 가지런히 담아놓은 화염병에 불을 붙여 담장 안으로 던졌다. 기는 언젠가 군청 직원이 들려주었던 이야기를 기억하고 있었다. 싸리문이 불탔다. 마당 구석의 대추나무에 불이 붙었다. 불은, 주인이 죽은 후 방치된 폐가에, 젖은 빨래가 널려 있지만 인기척을 느낄 수 없는 허름한 흙집에, 대문 아래 코를 밀어넣으며 맹렬히 짖어대는 개가 있는 집 마당에 고르게 번졌다. 기는 이윽고 하얀 타일벽돌을 단정히 쌓아올린 사층짜리 도서관 건물 앞에 자전거를 멈췄다. 건물은 단단하고 아름다웠다. 방화에 실패했던 학교 건물이 떠올랐다. 입에서 쓴맛이 났다. 그때, 먼 데서 비명이 들렸다. 불이다! 그 목소리가 낯익었다. 기는 그와 같은 고함소리를 들어본 적이 있었다. 가슴이 풍선처럼 크게 부풀어오르는 것만 같았던 지난여름이 떠올랐다. 기는 다시 자전거 페달을 밟았다.

도시락을 절반쯤 비웠을 때, 기가 화염병 하나를 들고 집 안으로 들어왔다.

나가.

나는 그 말을 신호로 도시락 뚜껑을 닫았다. 안의 집을 뒤져 찾아낸 지폐 몇 장이 든 가방을 어깨에 둘렀다. 신발을 신고 현관문을 열자, 기가 뒤를 따랐다. 문을 닫기 직전, 안의 열린 방문을 향해 기가 화염병을 집어던졌다. 창문 위에 불이 크게 밑그림을 그렸다. 안의 방 벽에 탁본된 수백 마리의 물고기는 형체도 없이 사라질 것이었다.

옥수수 울타리를 막 빠져나왔을 때, 멀리서 기를 부르는 목소리
가 들렸다. 군청 직원이 달려오고 있었다. 기가 내 손을 잡더니,
빠른 속도로 뛰기 시작했다. 군청 직원은 숨을 헐떡대며, 끊임없이
기의 이름을 불렀다. 기, 기, 기, 기! 기의 이름이 우리 뒤를 쫓았
다. 기, 같이 가! 나도 데려가! 울먹이는 목소리가 메아리처럼 울
렸다. 기는 돌아보지 않았다. 우리는 사력을 다해 산을 올랐다.

60

우리는 이곳과 저곳의 경계를 이루는 숲을 지났다. 숲의 실체는 소문과도, 기가 들려준 무용담과도 달랐다. 기의 말은 모두 거짓이었다. 기는 그 숲에 발을 들인 적이 없었는지도 몰랐다. 기는, 관광객으로 위장한 누군가가 버리고 간 유기 아동에 불과했을지도 몰랐다. 나는 군청 직원이 말한 기의 밝은 미래에 대해 생각했다. 끊임없이 과거를 버리고 지워나가는 기의 미래가 과연 그러할지 의문스러웠다. 기차의 기적처럼 울리던 군청 직원의 목소리가, 탄식 같았던 기의 이름이 내내 귓가를 맴돌았다.

어디로 가는 거야?

옆 마을로 이어진 숲은 낮은 야산에 불과했다. 키 작은 붉은 꽃단풍, 수챗구멍에 막힌 머리카락처럼 한데 뭉쳐 자라나는 넝쿨식물들, 볼품없는 작은 바위들 틈에 피어난 소박한 야생화들이 숲을 이루는 전부였다. 숲은 앞과 뒤가 같았다. 나무가 듬성듬성 자라고 그마저도 키가 작았으므로, 달빛이 사방으로 내리쬐었다. 완전한 어둠 따위는 어디에도 없었다. 가파른 산길을 미끄러져 내려갈 때면, 바싹 마른 흙먼지가 풀풀 날렸다. 가로등 아래 선 듯, 기의 얼굴에 짙은 음영이 드리워져 있었다. 기는 운동화의 뒤축을 꺾어신고 있었다. 풀어진 운동화 끈이 쏟아진 내장 같았다. 기가 죽이고 괴롭혔던 작은 짐승들이 떠올랐다.

어디로 가는 거야!

내가 다시 묻자, 기가 되물었다.

어디로 갈까.

산에서 내려오자 마을의 전경이 새벽안개에 둘러싸여 희미한 윤곽만을 드러내고 있었다. 그곳은 우리의 마을과 분위기가 크게 다르지 않았으나 크기가 작고 영세했다. 한 마지기가 채 안 되는 땅에 양파와 파, 상추, 깻잎 따위를 오밀조밀하게 키우는 집들이 대부분이었다. 차디찬 안개의 입자가 이마에 내려앉았다. 숨을 쉴 때마다 입에서 입김이 새어나왔다. 몇 시간 전의 흥분이 차츰 가라앉고 있었다. 어디로 갈까. 나는 아버지를 떠올렸다. 안을, 장을 떠올렸다. 누구도 나에게 그러한 질문을 던진 적이 없었다. 낮은 돌담으로 이어진 허름한 집들이 우리의 마을과 똑같아, 혹시나 산길을 헤매는 바람에 마을로 되돌아온 것은 아닐까 덜컥 겁이 났다. 나는 돌담의 모양새를, 마당과 집 들을 유심히 둘러보았다. 기는 운동화를 질질 끌며 묵묵히 뒤를 따르고 있었다. 어디로 갈까. 나는 그 질문을 곱씹으며, 끝없이 길게 이어진, 젖은 길을 보았다.

우리는 버스를 탔다. 버스는 남쪽으로 길을 잡았다. 나는 매표소 앞에서 산 작고 단단한 귤 한 꾸러미를 꺼냈다. 성글게 엮은 꾸러미가 쉽게 뜯어졌다. 나는 꼭지 주변이 아기 엉덩이의 몽고반점처럼 푸릇한 귤 하나를 집어들었다. 새알을 빚듯 양 손바닥 사이에 두고 한참을 굴렸다. 귤이 너무 단단해, 먹어보지 않아도 그 신맛이 짐작되었다. 나는 말랑해진 귤을 기에게 주었다. 기는 졸린 듯 눈이 반쯤 감겨 있었다. 어린 방화범은 그제야 긴장이 풀렸는지 볼이 붉게 달아올라 있었다. 정수리 위로 따듯한 바람이 연방 새어나왔다. 우리는 안이 태어난 곳으로 가고 있었다. 안을 찾아서 뭐 하게. 기가 불퉁스러운 표정으로 물었다. 안이 그곳에 있을 리 없었다. 나도 알고 있었다. 이미 죽었을걸. 기가 귤 한 쪽을 입에 넣고 우물거리며 말했다.

성에가 낀 창문을 소매로 닦아냈다. 추수가 끝난 빈 논이 드넓게 펼쳐졌다. 끝자락부터 서서히 붉은 물이 들었다. 해가 뜨고 있었다. 어깨에 기의 머리가 닿았다. 기의 머리통은 작고 가벼웠다. 기는 아직 어리구나. 귓가에 속삭이듯 기의 코 고는 소리가 들려오자, 나 역시 졸음이 쏟아졌다. 잠들기 직전, 차창 밖 빈 논 한가운데 손을 흔드는 장을 본 것만 같았다. 나는 까무룩 잠이 들었다.

쿵, 하는 커다란 울림에 잠에서 깨어났다. 버스가 공중으로 들
리듯 붕 떴다. 차체가 오른쪽으로 크게 기울더니, 짐칸에 올려둔
짐들이 우수수 떨어지기 시작했다. 나는 기를 바라보았다. 죽은 듯
잠이 든 기의 몸이 힘없이 쓰러졌다. 떨어진 상자의 밑부분이 뜯
어지며, 감자가 우박처럼 쏟아졌다. 공중으로 솟구쳤다. 나는 기의
팔을 간신히 붙잡았다. 버스가 전복되었다.

61

버스는 죽은 말처럼 모로 누워 있었다. 바퀴가 헛돌았다.

버스 뒤편으로 날아간 기는 찌그러진 좌석 밑에 깔려 있었다. 기의 팔을 잡아당겼다. 기는 기절해 있었다. 우그러진 의자 철심이 펴지지 않았다. 물속에 들어온 듯 귀가 웅웅 울렸다. 내부는 고요했다. 승객과 짐이 한데 뒤섞여 차가 쓰러진 방향으로 밀려나 있었다. 죽었는지 살았는지 알 수 없었다. 알고 싶지 않았다. 차디찬 바람이 버스 안으로 쉴새없이 밀려들어왔다. 기의 머리맡에 달린 온풍기에서 따듯한 바람이 간헐적으로 새어나왔다. 나는 기의 뺨을 세차게 내리쳤다. 일어나. 기름 탄내가 났다. 양쪽 다리에 체중을 싣고, 좌석을 들어올렸다. 일어나, 제발. 입김이 기의 얼굴 가까이 다가갔다 흩어졌다. 기의 양쪽 옆구리를 잡았다. 있는 힘껏 잡아당겼다. 옷이 땀으로 젖어들어갔다. 젖은 옷에 찬바람이 달라붙어 몸의 온기를 빼앗아갔다. 등에 닿는 옷의 감촉이 얼음장 같았다. 정수리에서부터 흘러내린 땀이 기의 볼 위로 뚝, 뚝 떨어졌다. 눈물인 듯 기의 눈가를 지났다.

버스 후면 유리창은 흔적조차 남아 있지 않았다. 나는 그곳으로 기를 끌어냈다. 바닥에 널린 옷가지와 보따리, 과자봉지와 달걀껍데기 위로 연기가 치솟았다. 기의 몸을 바닥에 뉘었다. 기, 일어나. 나는 내가 낼 수 있는 가장 큰 목소리로 말했다. 양쪽 뺨을 번갈아 때렸다. 기의 볼이 금세 붉게 부풀어올랐다. 눈을 뜰 때까지, 기의 뺨을 때렸다.

눈이다.

기의 찢어진 눈썹에서 피가 흘렀다. 눈초리에 고이는 핏물 때문에 연방 눈을 깜박이며, 기는 말했다. 나는 하늘을 올려다보았다. 하늘에서 떨어지는 구호물자처럼, 눈이 내리고 있었다.

62

기에게 물었다.

너는 언제 태어났지?
1904년에.
그걸 어떻게 증명해?
그해 큰 지진이 있었어.
누가 그 사실을 알아?
팔 분 만에 백 명도 넘게 죽었지.
그럼 누가 널 낳았지?
아무도. 나는 죽은 사람들 틈에서 그냥 태어났어.

우리는 크기를 가늠할 수 없는 거대한 숲 한가운데 있었다. 우리는 눈으로 뒤덮인 안개와 나무, 바위와 얼어붙은 계곡이 끝없이 펼쳐진 지리멸렬한 풍경에 발을 들였다. 우리는 정수리와 어깨로 떨어지는 눈의 무게를 절감했다.

기가 나에게 물었다.

너는 누굴 싫어해?
나는 나를 싫어해.
그럼 누굴 좋아해?
나는 안을 좋아해.
왜 안을 좋아하지?
안이 내 곁에 없으니까.

우리는 잡은 손을 놓지 않았다. 우리는 어둠 속에 있었다.

63

　우리는 동굴로 숨어들었다. 두 명이 간신히 지날 만한 크기의 동굴은, 깊이 들어갈수록 넓어졌다. 양쪽으로 갈라진 길목에, 기가 불을 피웠다. 기는 아담한 불빛을 가만히 바라보더니 성냥갑을 나에게 건넸다. 기는 다람쥐 볼처럼 불룩 튀어나온 양쪽 바지 주머니에 손을 집어넣었다. 주머니에 든 성냥갑을 모두 꺼내, 불 속에 던져넣는 기의 얼굴은 평온했다.

　기에게 물었다.

　너는 누굴 싫어해?
　사람들. 거의 모든 사람들.
　그럼 누굴 좋아해?
　나는 너를 좋아해.

　나는 동굴 벽에 그려진 흐릿한 그림 하나를 발견했다.

황소 한 마리가 정수리에 달린 커다란 뿔을 들이밀며 자세를 낮추고 있었다. 소는 불이 붙은 듯 전신이 이글거렸다. 커다란 눈동자가 형형했다. 금방이라도 앞으로 튀어나가려는 듯 뒷다리와 어깨에 무게중심을 싣고 있었다. 등이 붉었다. 소의 맞은편에, 창을 든 남자가 있었다. 반라의 남자가 소를 향해 죽창을 겨누었다. 제 몸보다 커다란 황소를 망설임 없이 마주 대하는 용맹한 전사였다. 나는 표정이 지워진 그 그림 위에, 기의 얼굴을 겹쳐보았다.

우리는 타오르는 장작 뒤편으로 물러난 어둠 속에 몸을 웅크렸다.

나는 잠에서 깨어났다. 내 눈자위를 만져보았다. 눈곱이 없었다. 눈이 가볍게 열렸다. 나는 동굴 천장을 가만히 바라보았다. 눈물은 어디로 갔을까.

나는 웃음이 났다. 잠긴 목에서 쉰 소리가 올라왔다. 그래도 웃음을 멈출 수 없었다. 동굴 천장에 고인 물방울이 내 볼 위로 떨어졌다. 눈물인 듯 눈가를 따라 흘러내렸다.

기는 깊게 잠이 든 듯 미동도 하지 않았다. 죽은 사람 같았다. 나는 잔뜩 몸을 웅크린 기의 얼굴 가까이 다가갔다. 가만히 귀를 대고, 기의 숨소리를 들었다. 동굴 입구에 작은 웅덩이처럼 고여 있는 빛이 보였다. 나는 입구를 향해 발을 옮겼다.

나는 일정한 높이로 눈이 내려앉은 땅과 나무와 바위와 산등성이를 보았다. 구름 한 점 없는 하늘과 낭떠러지 아래 끝없이 이어진 설원을 보았다. 설원 위로 서서히 들이치는 부드러운 아침 햇빛을 보았다. 눈앞에 펼쳐진 어제와 다른 오늘을, 나는 바라보았다.■

작가의 말

　지난 가을과 겨울, 두 계절을 보내며 이야기는 모양새를 갖추었다. 그리고 다시 봄을 지나, 조심스러운 여름의 인기척을 느끼며, 비로소 세상에 내놓는다. 나는 사랑의 전조에 대해 이야기하고 싶었다. 채 형태를 갖추기도 전에 사라지는, 혹은 사라질 미완의 감정에 대해 적었다.

　이 소설은 삼 개월 반 동안 문학동네 온라인 카페에서 연재되었다. 뭍에서 바다로 배를 밀듯 느리고 힘겹게 나아가는 소설을 위해, 뒤에서 묵묵히 힘을 실어준 모든 분들께 감사드린다.

2011년 6월

김유진

문학동네 장편소설

숨은 밤

ⓒ 김유진 2011

초판 인쇄 │ 2011년 6월 1일
초판 발행 │ 2011년 6월 7일

지은이 김유진
펴낸이 강병선
책임편집 이경록 │ 편집 백다흠 조연주 │ 디자인 이경란 유현아
마케팅 신정민 서유경 정소영 강병주 │ 온라인 마케팅 이상혁 한민아 장선아
제작 안정숙 서동관 김애진 │ 제작처 한영문화사

펴낸곳 (주)문학동네
출판등록 1993년 10월 22일 제406-2003-000045호
주소 413-756 경기도 파주시 교하읍 문발리 파주출판도시 513-8
전자우편 editor@munhak.com │ 대표전화 031)955-8888 │ 팩스 031)955-8855
문의전화 031) 955-8890(마케팅) 031) 955-8864(편집)
문학동네카페 http://cafe.naver.com/mhdn

ISBN   978-89-546-1509-9 03810

www.munhak.com

당신들의 첫!

늑대의 문장 김유진 첫 소설집

마녀가 돌아왔다. 그리고, 이제 노래는 시작된다!
김유진의 소설은 매우 낯설고 불쾌하다. 소설 곳곳에서 덜 퇴화된 사랑니나 꼬리뼈처럼 귀찮고 성가시게, 그리고 종종 아주 고통스럽게, 고대적 존재들의 흔적이 출몰한다. 그러고는 극심하게 앓는다. 그들의 앓는 모습, 그들이 앓는 소리, 그것을 기록하는 자, 아니 소설쓰기를 통해 그들과 같이 앓는 자, 그가 김유진이다. _김형중(문학평론가)

채플린, 채플린 염승숙 첫 소설집

"여봇씨요!"
당신이 살고 있는 이 세계가 고양이 뱃속은 아닐지.
염승숙의 소설에 등장하는, 존재감이 희미한 인물들이 갖는 환상은 그렇게 고상하거나 화려하지는 않지만, 따뜻하고 낙관적이다. 염승숙의 소설은 그들의 환상이 비록 유치하고 단순할지 모르나 거기에는 그들만의 절실함이, 솔직함과 소박함이 담겨 있다는 것을 새삼 확인시켜주고 있다. _손정수(문학평론가)

귀뚜라미가 온다 백가흠 첫 소설집

극단의 삶에 기댄 우울한 몸부림, 사랑
데뷔작 「광어」에서 「배꽃이 지고」에 이르기까지 백가흠의 모든 소설들은 다 사랑이야기였다. 다만 그 사랑의 방식이 기이했을 뿐인데, 피학적 헌신, 가학적 폭행, 강간, 신성모독 등이 백가흠의 주인공들이 주로 택한 방식이었다. _김형중(문학평론가)

일곱시 삼십이분 코끼리열차 황정은 첫 소설집

'황정은풍' 소설의 탄생!
황정은의 명랑성은 기계적이고 무의식적인 감각 같은 것으로 다가온다. 이전 시대 서사의 풍자나 골계, 익살 등이 지니고 있던 강렬함이나 절박함과 구분되는 그것은, 마치 외부의 자극에 대한 오뚝이의 반응과도 같은, 심드렁하고 무뚝뚝하고 아무렇지 않아 비인간적으로 느껴지는 명랑성이다. 평범할 뿐인 일상은 그런 서사적 감각과 만남으로써 한 겹의 코팅막이 입혀지고 그럼으로써 황정은풍이라 할 만한 독특한 서사 형식으로 견인된다.
_서영채(문학평론가)

나를 위해 웃다 정한아 첫 소설집

언 몸을 녹이고 굳은 마음을 트이게 하는 열린 감각의 힘!
소설가 정한아에게는 험한 세상에 귀를 잃고 다리를 잃고 바다없이 전락한다 해도 춤추고 노래하고 꿈꾸기를 그치지 않을 것이라는 믿음이, 그 믿음으로 삶을 다시 시작하겠다는 작지만 강인한 의지가 있다. _차미령(문학평론가)

그 여자의 침대 박현욱 첫 소설집

당신 마음의 침대는 비어 있나요?
박현욱의 연애담은 가벼우면서도 근본적인 질문을 담고 있다. 그렇다고 갑자기 무겁거나 엄숙해질 필요는 없다. 눈치 빠른 독자는 이미 알고 있겠지만 박현욱은 총잡이나 신봉자가 아니라 익살맞은 아이러니스트다. _양윤의(문학평론가)